没落貴族の俺が
ハズレ(?)スキル
『超器用貧乏』で
大賢者
と呼ばれるまで

主な登場人物
ラース＝アーヴィング
前世では家族に恵まれなかったが、現世では両親と兄から溺愛される。「超器用貧乏」という一見ハズレに見えるが、努力さえすれば最強のチートスキルを授かる。
ノーラ
ラースと最初に友達となる女の子。クズな父親に振り回されて男の子の格好をしていたが、後に女の子としてラースのクラスメイトになる。
リューゼ＝グート
現領主ブランの息子。父の影響を強く受けて育ち、高慢な性格でラースにもからんでくるが、ある出来事をきっかけに人間的に成長していく。
デダイト＝アーヴィング
没落貴族の長男。心優しい少年で、両親と弟のラースを大切にしている。「カリスマ」のスキルを持ち、学業も優秀。

ティグレ
ラースが通う学院の教師。口調は荒いが生徒思いで、熱い心を持っている指導者。剣技の腕も相当なもので、権力にも屈しな強い精神も併せ持つ。
ローエン＝アーヴィング
ラースとデダイトの父。家族を何より大事にする父親の鑑のような存在。貧乏暮らしの中でも、子供たちに不自由をさせないように必死に家庭を支えている。
ブラオ＝グート
ローエンを罠にはめて領主の座から引きずり下ろした現領主。基本的には小心者で、ひとりで大きなことはできない性格。
ベルナ
山の中に住む魔法使い。魔女と恐れられる存在だったが、実際は天然美人のお姉さん。ある出来事によりラースたちと知り合い、魔法の指南役を引き受けることに。

Contents

没落貴族の俺がハズレ(?)スキル『超器用貧乏』で大賢者と呼ばれるまで

八神 凪

イラスト
リッター

こんにちは異世界

ピーポーピーポー……。

――響くサイレンの音を聞きながら、俺は薄れゆく意識の中でぼんやりと過去を振り返っていた。

（いいことは……何もなかったな……）

しかし、思い返してみてもロクな思い出はなく、倒れた身体に打ち付ける冷たい雨が、32年の人生を嘲笑《あざわら》うように染み込んでいく。

俺こと『三門英雄《みかどひでお》』は、両親と弟の4人家族。だが、家族との仲はよろしくなく、長男である俺は疎まれていた。

両親は出来のよい弟を溺愛《できあい》し、何もかもが平均で平凡な俺には辛辣《しんらつ》に当たっていた。そして実の弟は本当に出来がよく、俺では逆立ちしても勝てない相手だった。そのため学生時代からずっと肩身の狭い思いをしていたのだが……。

（もう……いいか……）

これは死ぬな、と、身体は痛むのになんとなく冷静な判断をする。俺はスリップして歩道に飛び出した車にはねられて全身を強く打っていたからだ。

「――お兄さん！　しっかりしてください！　ああ……ほ、骨が……」

「君、どきなさい！　あとは我々が――」

よかったと思ったのは、俺の前を歩いていた女の子を庇《かば》うように突き飛ばしたことで事故に巻き込まれるのを阻止できたことだろう。

……どうせ両親と弟は俺が死んでも保険金が出て喜ぶだけ。そういう家族なのだ。

（なら、これが最初で最後の親孝行か……？　何が英雄だ……期待してもいないくせに分不相応な名前をつけやがって……）

そんなことを思いながら目を瞑《つむ》ると、俺の意識は急速に途絶えた。


――次に意識が覚醒すると、そこはどこまでも続く暗闇が広がり、これが死後の世界か？　そう思えるような、寒くて何も見えない空間にいつの間にか俺はいた。

……いた、という表現が合っているのか分からない。というのも止まっているのか、進んでいるのか全く分からず、身体を動かしているつもりだが、感覚として動いているような気はしない。

結局、何もすることができずにじっとしていると、しばらくして遠くにほんのりと光が見えた。それはどんどん近づいてきて俺を包みこ――

◆◇◆◇◆

「おめでとうございます！　元気な男の子ですよ！」

「ふぎゃあ！　ふぎゃあ！（な、なんだ!?）」

光に包み込まれたと思った瞬間、俺の目の前に栗色の髪をした女性がにこやかに笑っていた。

慌《あわ》てて身を起こそうとするも力が入らない。

「ふあ……ふあ……」

「お、おお……！　自分から動こうとしている……なんて元気な子なんだ！　立派な子を産んでくれたなマリアンヌ！」

「うふふ、だってあなたと私の子供ですもの。ほら、デダイト、あなたの弟よ」

「おとーと？　おとーと！」

「はっはっは！　男の子２人とは将来が楽しみだな！」

「あぶー」

イケメンの男性と、男性に抱っこされた男の子が俺の頭をやさしく撫《な》でてくる。知らない人のはずなのになんだか安心するな……。そう思うと、目覚めたばかりなのにうとうとしてくる。

「あ、おねむみたいですね。またあとで会いに来てください！」

「分かった。マリアンヌ、またあとで」

「ええ。デダイトをよろしくね」

そんな会話を聞きながら俺は眠りについた。

——で、それから2日ほど経ち、ようやく今の状況を把握することができた。

昨日？　……昨日は、まあ大変だったとだけ言っておくよ……。

「ラース様、泣かないですね」

「うーん、産まれたばかりであまり泣かないと心配ねえ」

さて、目の前の女性が『ラース』と呼んだのは他ならぬ俺のこと。まさかそんな、とは思ったが昨日一日過ごした結果、俺は誰かの子供として生まれたらしい。

そして心配そうにベッドの上の俺を覗《のぞ》き込んでいる金髪の女性が俺の母親で、一昨日見たイケメンが父親のようだ。

「あうー。ばぶう」

「あ、笑ってますね！　うふふ、かわいいー」

「よいしょ……ふふ、軽いわね」

ばぶう、というのは俺が赤ちゃんだから仕方ないので見逃してほしい。なにせ生後3日なので喋《しゃべ》ることはおろか身動き一つできやしない。

「んー♪　髪は私で顔はパパにそっくりねー」

母親に抱っこされ、顔が近づいてくる。母親は超が付くレベルの美人で、本当に俺が生まれて嬉しかったのだろう、何かにつけて満面の笑顔で頬や額にキスをしてくる。

不思議なことといえば、この人に対し性欲みたいなものが沸かない。それは俺が赤ん坊だからなのか、この人が母親だからなのかは分からない。

「あう（……あの両親とは大違いだな……）」

前世の両親は出来の悪い俺を空気……いや、悪意をもって接してくるようなやつらだった。そのくせ、俺の給料がなければロクに生活もできやしない、文字通りのロクデナシ。

もう一人の肉親である弟は、勉強はもちろん絵や文才など数々の才能に溢《あふ》れていて、基本的に何をやっても標準以上という結果が付いてくる、生まれついての天才肌というやつだ。

……小さい頃は仲がよかったのだけど、才能があるからと弟をちやほやしすぎた両親のせいで弟は性格が歪んでしまい、他人を見下すようになってしまった。それが顕著になったのは中学生くらいの頃だったか。

「あぶー（俺にも弟と対等の才能があれば……いや、今更だな……）」

俺は何をやってもそつなくこなすことができた半面、何かで一番にはなれない、いわゆる凡人というやつだった。

何か一つでも親に認められたい、褒められたいとなんでもやった。

スポーツや勉強はもちろん、バイトにも励み、ピザ宅配にパン屋、ゲーセン、新聞配達、喫茶店、居酒屋、アニメショップに書店やネカフェ……。こんな感じで、高校と大学時代にいろいろな職業を体験した。自分に合っている物を探すために。さらにはゲームでさえ、弟に勝つため真剣にやった。

――だけど結局、両親や弟を見返すことはできなかった。

「ラース♪　んー、かわいい！」

「あうー」

ぎゅっと抱きしめてくれる母に安心感を覚える俺。そういえば生まれた時に兄が俺の頭を撫でてくれたことを思い出す。前世では俺が兄だったが、今世で弟とは因果だなと思いながら不安も覚えていた。

……兄に才能があれば、俺はまた捨てられるのだろうか……？

そんなことを考えながら、抱っこされてゆらゆら揺れているとまた眠気が襲ってきた。

――しかしそんな心配などどこ吹く風で、父親と兄は毎日会いに来てくれ、母親もお乳を飲ませてくれながら話しかけてくる。顔を見ればいつもにこにこしているこの一家は本当に幸せなのだと感じ、殺伐《さつばつ》とした前世を過ごした俺としては赤ん坊の身ながらも嬉しかった。

……前世……そう、もうあれは過去のこと、前世といって差し支えない。三門英雄だった自分とは別の人間になったのだとあらためて実感する。

そんな日々がしばらく続いたある日、俺は毛布にくるまれた状態で父親に抱っこされた。父は力強く、とても頼もしく、かっこいい。

「らーす、ぼくも、抱っこしたい！」

「あらあら、デダイトったらお兄ちゃんをしようとしているの？　もう少し大きくなってからね？」

「ぶー」

どうやら兄は俺を撫でたいらしい。だけど既に少ない髪の毛がなくなるんじゃないかというくらい撫でられていたから、今日くらいは勘弁してほしい……。

すると父親が俺の顔を見ながらにこりとし、声を上げる。

「さ、ラース、初めてのお外だぞ」

「きゃっきゃ（え……？）」

父親が外に出ると、眩《まぶ》しい陽光に目を細める。風が気持ちいいなと思いながら目を開けると一軒家が目に入った。ここが俺の家だと判断するが、それと同時に俺は困惑する。

「あぶー……（ぼろい……）」

そう、ぼろいのだ。窓が割れていたり、壁に穴が開いていたり、草がぼうぼうだったり……はしないのだけど、全体的に古臭い。美形の両親からはとても想像できないようなボロ家だった。

少し散歩をしたあと、家へ戻り、アンティークな家具が並ぶリビングへ到着すると、母親が兄を膝に座らせて口を開く。

「ニーナは？」

「今日は町の実家へ帰っているよ」

そう言って笑ったあと、父親は少し苦い顔をして呟《つぶや》くように続ける。

「……ラースが生まれたから給金を下げなくてはいけないね。2人は学院にも行かせたいし、メイドを雇っている余裕はなくなるかな」

「そう……。ニーナは歳も近いし、友達みたいでよかったんだけど」

どうやら初めて目を開けた時に見たあの女性、あのあとも甲斐甲斐しく俺を世話しているなと思っていたけど、ウチのメイドらしい。だけど、兄と俺の将来を考えて解雇を視野に入れているみたいだ。

家の外観から貧乏だと思ったけどそうでもないのかな？　家具も古臭くはあるけど、テーブルもソファも品物はいいものみたいだし、カーペットも高級そうな印象を受ける。

そしてメイドを雇っている、というところで貧乏一家とは言い難い。

「ニーナはお金が少なくてもいいから置かせてほしいと言っていたんだけど、それだとニーナが可哀想《かわいそう》でね」

「うん……」

母親が寂し気な顔でそう言うと、父親が頬をかきながら眉をへの字に曲げて力なく笑う。

「そんな顔をするな……俺が今まで以上にバリバリ働いて稼ぐ。だから安心してくれ。もっと稼げるようになればニーナを解雇せずに済む！」

「あなたばかり働かせるわけにはいかないわ。ニーナに子供たちの面倒を見てもらって私が働くのもいいかも？」

……それは本末転倒だ。それならメイドを解雇して給金分を回せばいい……そう思いながら母の顔を見ていると、玄関からバタバタと慌ただしい足音が聞こえてきた。

「ただいま戻りました！」

「あら、ニーナ早かったわね」

ニーナと呼ばれたメイドが母さんにそう聞かれると、手を広げて俺に近づいてきた。

「早くラース様に会いたかったんです！　ラース様、帰ってきましたよ！」

「あぶー!?（うるさっ!?）」

「ああ、ごめんなさい！」

俺の顔を撫でながら満面の笑みで叫ぶ彼女に俺はびっくりして泣いてしまう。すると父親が苦笑しながら俺を差し出して言う。

「抱っこするかい？」

うん、この人ちょっとおっちょこちょいな気がするからやめてほしいかも。だけど、俺に拒否権はなくニーナはすっと俺を抱き上げた。

「ちょっと怖いけど失礼して……ラース様、ニーナですよー」

「あうあう（よろしくー）」

そう言われて俺は挨拶《あいさつ》をする。

「あ、笑った、笑いました！　ああ、わたしもいつか素敵な男性と結婚して子供を……！」

「ふふ、ニーナならすぐできるわよ」

「そうですかね!?　でも今はデダイト様とラース様の面倒を見られるだけで幸せです」

そう言って俺に頬をすり寄せてくるニーナに、兄がよちよちと歩いてきてスカートを引っ張りながら怒りの声を上げる。

「にーな、僕も！」

「あらあら、わたし大人気ですね！　んー！　デダイト様もかわいいですよー！」

「わーい！」

——とまあそういう感じで、どうしてこんなことになったか分からないけど、俺はどこかの家の息子として生まれ変わった。

ちなみに父はローエンという名で、母はマリアンヌ。そして兄のデダイトと俺、ラースにメイドのニーナをくわえた5人が、この家『アーヴィング』家の人々だった。

外観の古臭い雰囲気とは裏腹に、美男美女の両親と、さらにメイドもいるというちぐはぐな家庭だ。

だけどお金はないようで、食事風景を目にしたところ、質素なものだった。

しかし両親は兄にも俺にも分け隔てなくやさしくしてくれ、ニーナも温和な性格でとてもかわいがってくれる。その幸せに比べれば貧乏など、どうとも気にならなく感じるほどに。


そして月日が流れるのは早いもので——

「ラース！　こっちこっち！」

「待ってよ、兄ちゃん！」

――俺は3歳になっていた。

デダイト兄ちゃんは俺より2つ年上で、今年5歳になる。

3年間過ごしてきて分かったことは、この世界は前世でいう中世くらいの生活レベルであり、魔法があるということ。2歳の頃家の本棚にあった本を読んでみたところ、そんな記述があった。で、この世界には『スキル』というものが存在する。

習得方法は2つ。

一つは訓練して覚えることができるスキル。もう一つは生まれてから5年経つと、神様から授かる固有のスキルだ。

デダイト兄ちゃんも5歳になったのでスキルを授かり、【カリスマ】というものを持っている。

【カリスマ】は人を惹きつける力で、客商売をするといいだろうと聖堂の人に言われたようだ。

ちなみに父ちゃんは【豊穣】というスキルで、土に元気を与えることができ、野菜の出来が段違いによくなるもので、母ちゃんは【ホスピタリティ】という薬に関して精通しており、効能が高い薬を生成できるのだとか。そしてこの両親のスキルで薬と野菜を売って生活しているのが我が家というわけ。

「うーん、登れないや……やっぱり僕は筋力アップとか素早くなるスキルがほしかったよ」

「兄ちゃんのスキルは大きくなったらきっと役に立つから今は我慢しようよ。筋力とかは鍛えればいいしさ」

「そう？　ラースも早くスキルを授からないかなあ」

「わくわくするね！　かぶと虫は捕まらないし、そろそろ家へ帰ろうよ。お腹空いちゃった」

「うん、迷子にならないよう手を繋《つな》いで帰ろうー」

と、若干過保護気味の兄ちゃんに連れられ、俺はお昼ご飯を食べに家へと帰る。俺はそんなやさしい兄ちゃんが好きだったし——

「うわ!?　また汚して！　お洗濯するから服を脱ぎなさい！」

「ははは！　男の子は元気なのが一番だ！　でも、あまり遠くに行ってはいけないよ？　魔物に襲われてしまうからね」

「あ、ラース様、待ってください!!」

——いつも笑顔で俺たちを愛してくれ、悪いことをすれば叱る両親が好きだった。あ、もちろんニーナもね。

そしてもう一つ……父ちゃんが言っていたけど、この世界には魔物と呼ばれる怪物が存在する。

例えばスライムなんかは人を包み込んで消化し、ゴブリンは子供を攫《さら》って食べてしまうのだとか。ゲームや漫画と違い、明らかに恐ろしい存在に俺は恐怖したものだ。

だけどそういう魔物に対抗するため、魔法や剣術スキルを覚えてお金を稼ぐ人もいるらしい。

俺は両親に心配かけたくないから、安全な仕事をしたいと思うけどね。

でも、いつかこんな寂しい丘の上にある一軒家から引っ越して、両親たちと町に暮らせればと考えている。

あとは魔法も使ってみたい。せっかくそういう世界に生まれたしやっぱり憧れるよね？

でも魔法ってきちんと学院で学ばないと、頭がパーになると母ちゃんが兄ちゃんに注意していたのを聞いたことがある。はあ……こういう時は貧乏が恨めしい……学院行くためにはやっぱりお金が必要だし。

……5歳になったらお金を儲《もう》けられるスキルを授からないかな？　そんなことを思いながら一人呟く。

「この一家なら、今度こそ俺はまっとうな暮らしができるかな？」

——いや、きっとできる。そう確信し、俺は笑みを浮かべながらなんとなく窓の外に向かって感謝を口にする。

「ありがとう神様！　ありがとう！」

すると——

『あいよー』

「え？」

外から気の抜けた声が聞こえてきた。

「誰……？」

暗闇に恐る恐る声をかけてみるが、返事はなかった。いや、つい尋ねてみたけど返事が返ってきた方が怖いと思い、俺は慌てて窓を閉めて布団へと潜り込み、やがて意識を手放した。

ラース、5歳でいろいろと悟る

——平和な生活は時をスムーズに流し、俺はついに5歳になった。兄ちゃんとは相も変わらず仲良しで嬉しい限り。

変わったことといえば、兄ちゃんのやんちゃ度合いが下がり、俺と一緒に本を読みだしてから勉強に目覚めたこと。父ちゃん譲りの銀髪イケメンに成長しつつあり、インテリな職業につきそうな気がする。

そして、今日はいよいよ俺も神様のスキルを授かる日だ。

「いってらっしゃい！」

「あとで僕に教えてよ！」

「うう、わたしの【裁縫】みたいな地味なスキルじゃありませんように……！」

「あはは、ニーナのアップリケ好きだからそういうのもいいと思うけどね！　お金になりそうなスキルだったらいいなあ」

「この子ったら、最近お金のことばっかりね」

母ちゃんが腰に手を当て、口を尖《とが》らせて不満げに言う。無理もない……5歳になってから俺はスキルでお金を稼ぐんだと、ずっと言っていたからだ。もちろん学院へ行くためのお金もほしいからという自身の野望も含めてだけど。

俺がお金の話をすると、母ちゃんが子供は気にしなくていいと笑う。しかし、俺は両親に楽をしてほしいのだ。そうすれば夜遅くまで薬を作る必要もないし、ご飯のおかずも増やせるはずだ。

「それじゃそろそろ行こうか」

俺は父ちゃんに連れられ歩き出す。町は丘から見下ろすことができるため毎日見ていたが、実は現在に至るまで町へ行ったことはなく、野菜を売りについていきたいと駄々をこねたことがあるけど、お仕事だからダメだとやんわり断られた。

兄ちゃんもスキルを授かる儀式以外で町に来たことはないので俺はワクワクしていたのだが

―


「こんにちはー」

「こんにちは、どこの子……おっとローエンさん……仕事、仕事……」

「ローエン、いつもありがとうね。野菜、また持ってきておくれ」

「母さん！　あ、ローエンさん、こんちわ……」

――町に入って何人かと挨拶を交わしたけど、こんな調子で町の人たちは父ちゃんに対してどこかよそよそしかった。無視されているわけではないけど、どことなく『できれば関わりたくない』というオーラが出ている。町の様子を見ながら進んでいくと、一際大きな建物に到着し、父ちゃんが笑いながら口を開く。

「さ、ここが聖堂だ！　デダイトの時も思ったけど、この瞬間はドキドキするな」

「すごく静かな場所だね」

中は静寂に包まれていて、ここが神聖な場所であることを告げている。少し奥へ進むと神官であろう人に案内され、とある部屋の中へ入った。

そこには俺と同じくスキルを授かる子供と、その親が集まっていて会話を楽しんでいた。だけど俺たちが部屋に入った瞬間、視線が集まり、喧騒がぴたりと止んだ。

……分かりやすいくらい空気が変わったな……父ちゃんに何かあるのだろうか？

「こんにちは。ウチの子も5歳になりましてね！　さ、ラース、座って待ちなさい」

あまりいい空気じゃないなと思いながら周囲を見渡していると、隣に大きな熊のぬいぐるみを抱えた女の子がいたので、なんとなく俺は声をかけた。

「や、やあ、君も5歳？　……ってそうだよね、だからここにいるんだし。あはは……」

「うん」

それだけ答えて頷《うなず》くと、女の子は熊のぬいぐるみに顔の半分を埋めて黙り込んでしまう。肩まで伸びた水色の髪にピンクのリボンをつけていて、髪と同じ水色の目をしたとてもかわいい顔立ちに思わずドキッとする。前世では仕事づくめで彼女なんていなかったし、女の子と話すことも少なかったな……。

「あ、あの――」

「わっはっは！　みな集まっているな。ウチのリューゼが一番いいスキルを授かるところを見るといいぞ」

勇気を出して声をかけようとしたところで、大笑いをしながら恰幅《かっぷく》のいいおっさんが部屋に入ってきた。隣にはツリ目でツンツン頭の男の子が不敵な笑いをしながら子供たちを威嚇《いかく》する。

身なりがいい……貴族ってやつかな？　俺がそう思っていると、おっさんが父ちゃんを見てニタリと笑いながら近づいてきた。

「ローエン、こんなところで何をしている？」

「ブラオじゃないか！　下の息子が今年5歳でな、スキルを授かりに来ているんだ」

「……口の利き方に気を付けてほしいものだな？　ふん、2人目ができたのか。貧乏人がご苦労なことだ」

「まあ、いいじゃないかウチのことは。それよりお前こそどうして？」

「……チッ、私の息子も5歳になるからだ」

軽い口調で話す父ちゃんに嫌悪感を隠しもせず、横に控えていた自分の子供を紹介してくる。

「私の子で、名をリューゼという」

ブラオというおっさんがそう言うと、リューゼは鼻を鳴らし、俺たちを見下すような目で口を開く。

「リューゼだ。いつか父上に代わってこの領地を治めることになるから、今のうちに俺へ媚《こび》を売っておいて損はしないと思うぜ？　お前、名前は？」

「……ラース」

「冴《さ》えない名前だな。ま、いいスキルが手に入るよう祈っておくんだな！　お、こっちの子、かわいいじゃん」

ムカツクやつだなと思っていると、リューゼは目ざとく女の子に話しかけ、頭を撫でようと手を伸ばす。だが、女の子はスッとその手を避けた。

「いや……！」

「いやとはなんだ！　俺は領主の息子だぞ！　こいつ……！」

「あ……」

カッとなったリューゼは熊のぬいぐるみを奪い取って一歩下がる。女の子が手を伸ばすが、あと一息というところで手を引き、にやにやと笑う。

「う……ぐす……返して……」

「俺に逆らった罰だ！」

「おいおい、ブラオ止めさせないか」

「ふん、貴族である領主に逆らうとどうなるか思い知らせねばならんよ。ローエン、お前も口の利き方に気を付けろよ？」

「……」

ブラオが偉そうなことを言い放つと、父ちゃんが寂しそうな顔で黙り込む。

「うう……」

「あははは！　こいつ本気で泣き出したぜ、弱っちいやつ！」

おっと、今は父ちゃんよりこの子だ。俺はリューゼからサッと熊のぬいぐるみを奪い、声を荒げる。

「止めろ！　女の子を泣かせて、お前最低だな」

「な!?　お前も俺に逆らうのか！」

「逆らうとかそういう話じゃないだろ？　領主なら困っている人を助けるものじゃないのか？はい、これ」

「……ありがとう！」

ちょっとびっくりしたあと、柔らかに微笑んでお礼を言ってくる女の子。俺が頬を掻きながら顔を赤らめていると、リューゼも顔を真っ赤にして俺に掴《つか》みかかってきた。

「生意気だぞ、お前！」

「いてっ!?　やったな……！」

後頭部を叩《たた》かれたので、俺は苛立《いらだ》ち、お返しをしようと拳を握る。

「おい、ローエン！　貴様、息子の躾《しつけ》ができていないようだな！　リューゼを殴《なぐ》ったらどうなるか分かっているのか？」

だけど、ブラオがそんなことを言い出し、俺は父ちゃんにぐいっと肩を引っ張られた。

「よせ、ラース」

「でも父ちゃん、あいつが！」

「すまん、やめてくれ……」

とても悲痛な顔で俺を力強く引き留める父ちゃんに免じて、拳を下げる。それをチャンスと見たのか、リューゼが口を開く。

「へへ、ボコボコにしてやる！」

「くそ……」

……さっきといい、父ちゃんはブラオに弱みでも握られているのだろうか？　父ちゃんの手前、反撃はできない……どうするか考えていると、部屋の入り口が開き、司祭のような人が声を上げた。

「皆さん、準備が整いました。祭壇へ移動をお願いします」

「む、時間か。リューゼ、それよりもスキルを授かりに行くぞ」

「はい、父上。……運がよかったな！」

捨て台詞《ぜりふ》を言い残し、リューゼとブラオは来た時と同じように尊大な態度で出ていく。父ちゃんを見ると、一息ついてから俺と目線を合わせて言う。

「あいつは領主のブラオといって俺の昔馴染みなんだ。昔はあんなやつじゃなかったんだが……嫌な思いをさせて悪かった」

「……父ちゃん」

力なく笑いながら父ちゃんが頭を撫でてくる。聞きたいことは山ほどあったけど、ちょうどその時、女の子の保護者が帰ってきた。

「ごめんよ、緊張のせいかなかなかトイレから出られなくて」

「……ふん」

「あれ、ご機嫌斜めだね、ルシエール。どうしたんだい？」

父親だと思われる男性がそっぽを向く女の子に声をかけていたので、俺が代わりに答える。

「さっき、領主の息子ってやつがその子をいじめていたんだ」

「領主……ブラオがいたのか。傍にいてやれなくてごめんよ。君が助けてくれたのかな？」

「……そうだよ」

女の子が頬《ほお》を膨《ふく》らませて言うと、今度はウチの父ちゃんが女の子のお父さんに声をかけた。

「よう、ソリオじゃないか。２人目も女の子が産まれたのか、ウチは男ばかりだ」

「あ……ローエン……この子はローエンの息子かい？　は、はは、２人目も男の子なんて奇遇だね……そ、それじゃ僕たちはこれで」

「あ、おい！　……ふう」

そそくさとこの場を離れていった親子に、父ちゃんは悲しそうな顔でため息を吐《つ》いた。

知り合いみたいだったけど、満足に言葉を交わすことなく立ち去ったので、父ちゃんを蔑ろにされたみたいで気分が悪い。俺が憤慨して口を尖らせていると、

「ばいばい……ありがとう。わたし、ルシエール」

と、女の子が笑顔で俺に手を振ってくれた。その笑顔だけでも助けた甲斐はあったと心が晴れた。

……でも、父ちゃんの件は気になる。いつもやさしい父ちゃんが避けられるのはきっと理由があるはずだ。そんなことを考えながら俺は祭壇へと向かった。

◆◇◆◇◆

「わはははは！　流石《さすが》は私の息子だ、いいスキルをもらったな！」

会場に到着すると早速ブラオの馬鹿笑いが聞こえてきた。既に儀式を終え、端にある椅子にふんぞり返って座っている。すぐに帰るものだと思っていたけど最後に司祭からの祝辞があるらしく、それまで待つのだそうだ。

既に数人、儀式を終えていたけど、がっくりとした表情をした親子はいないので望んだものか、それなりなものを授かったらしい。

「……ん」

「おお……！　ありがとうございます！　ありがとうございます！」

「全ては神の御心《みこころ》一つ。よかったですね」

先ほどの女の子、ルシエールは結構よいスキルのようで、父親が一心に頭を下げてお礼を言っていた。あまり必死な姿にちょっと引き気味な司祭がルシエールたちを下がらせた。

「次の子、どうぞ」

「あ、はい。ウチの子をお願いします」

「お願いします！」

そしていよいよ俺の番となり、年甲斐もなくワクワクしながら司祭の前に立つ。……まあ、肉体年齢は5歳だから許してほしい。

「では、このプレートに手を乗せて」

「はい。こうですか？」

「ええ、大丈夫ですよ。……『天から見守りし我らが神よ、新しき子に神の力を分け与え給《たま》へ』」

司祭が呪文のような文言を唱えると、金のプレートが光り出す──

「う、眩しい……」

金のプレートの輝きが他の子供と違い、強い気がする。うっすら目を開けて様子を窺《うかが》っていると、司祭が冷や汗をかきながら呟く。

「こ、これは……１００年に一度現れるという黄金の光！　まさか私の代でこれを見ることができようとは！」

「もしかしてすごいやつなの!?」

「おお、ラースにすごいスキルが……！」

俺は驚き、父ちゃんは歓喜に震える。背後でガタガタとイスから立ち上がる音が聞こえてきたので、他の人たちにも司祭の話は聞こえていたようだ。

「お、俺よりいいスキルだと……！」

「し、心配するな、リューゼ！　所詮《しょせん》ローエンの息子だ！」

勝手なことを言うブラオにイラッとしながら成り行きを見届けていると、やがて輝きが消え、プレートに文字が浮かび上がってきた。司祭がはやる気持ちを抑えながら口を開く。

「さ、さて、どんなスキルが与えられたのでしょうか。ローエン殿の息子さんならきっと……え……？」

「うわ!?」

にこにこ顔だった司祭の表情が固まり、今度は脂汗を流し出した。どぎつい量の汗も気になるけど、『父ちゃんの息子なら』という言葉も興味を引く。だけど、次に司祭が発した言葉が俺と父ちゃんを硬直させる。

「……ラ、ラース君のスキルは……」

「スキルは……？」

ごくりと父ちゃんが喉を鳴らす。俺がプレートに目を移すとそこには――

「スキルは……【器用貧乏】……です」

「な!?」

「本当だ、【超器用貧乏】って書いてある」

超
器用貧乏

俺がプレートを指して言うと、司祭が首を傾《かし》げてプレートを手渡しながら告げてくる。

「超？　いえ【器用貧乏】ですよ。それよりも……残念です……」

「……はあ、100年に一度がまさか悪い方だったなんてなあ……」

「えっと【器用貧乏】ってどういうスキルなの？」

司祭と父ちゃんが落胆している様子を見て俺は2人に尋ねる。まあ、だいたい想像つくけど……。

「【器用貧乏】はある程度、器用にこなせる便利なスキルらしい。だけど何をやっても成長が遅く、どんなに頑張っても一流になることはない……文献ではそう書かれている」

「え……!?」

前世でも器用貧乏という言葉はあったけど、手広くやらず、最終的に何か一つに絞って突き詰めれば一流になれるはずだ。だけど父ちゃんが言うには、なんでもできるけど、何をしても中途半端な力しか発揮できないらしい。

「なんてことだ……」

いいスキルを得てお金を稼ぎ、両親に楽をさせる計画があっという間に、それも5歳で頓挫《とんざ》することになるなんて……俺が肩を落とすと、司祭が追い打ちをかけてきた。

「100年以上前にもこのスキルを授かった人物がいたことがあると文献に残っています。曰《いわ》く、このスキルは『ハズレ』だった、と……」

　子供に絶望を与えるなんて、ひどい司祭だ。なんだか前世のことを言われているようで、不意に俺は涙を流してしまう。すると父ちゃんが俺の頭を撫でてくれた。

「こればかりは仕方がない。なあに、死ぬわけじゃないんだ！　いいじゃないか、なんでもできるのは羨《うらや》ましいぞ？　父ちゃんは土いじりしかできないからな。行こう、ラース」

「うぐ……父ちゃん……」

「しかし、あの光は間違いなく奇跡の光……どうしてそれがハズレなのか気になりますが……」

　慰めてくれているみたいだけど、結果が全てだ。最後に司祭が困惑しながら「気を落とさないで頑張ってほしい」と微笑み、俺はその言葉に頷いてから祭壇を降りる。そこへあの領主親子が立ちふさがった。

「はは！　聞いていたぜ。【器用貧乏】とかいう最悪のスキルだったみたいだな！　俺に逆らうからそうなるんだ！」

「ローエン、親が親なら子も子だな。リューゼは【魔法剣士】のスキルを授かったぞ？　聞いたことがない貴重なスキルだ。若いうちは冒険者として鍛えて、領主交代すれば私の老後も安泰だろうな。お前は一生小汚い家で暮らすのがお似合いだ」

　その言い草にカッとなり、俺はブラオに食ってかかる。

「兄ちゃんは【カリスマ】のスキルをもらったんだ！　俺だってなんでもやって貧乏からすぐに脱してやる！」

「ほう、あの子は【カリスマ】というものを授かったのか。珍しいスキルだな？　だが、それは無理というものだ……くっく……」

「……」

「父ちゃん！　何か言い返してやってよ！」

言いたい放題言って立ち去っていくブラオたちに俺は怒りがおさまらない。だが、父ちゃんは一言「ごめんな」と呟くだけだった。

いくら領主とはいえ、あの態度はひどい。まして昔馴染みならなおさらだ。怒りが収まらないが何もできない自分に腹を立てていたその時、不意に声をかけられた。

「あ、あの……」

「ん？」

声の方へ顔を向けると、前髪が鼻先まで伸びた茶髪の子供に話しかけられる。

「ハ、ハズレスキル、残念だったね……」

「ん……まあ、こればっかりは仕方ないよ。……って君、誰？」

「あ、オラはノルトっていうの！」

「ノルトか、よろしく。君のスキルはなんだったの？」

「オラは【動物愛護】っていう、動物と仲良くなれるスキルだよー。オラは冒険者になって戦いたかったんだけど……」

そう言って俯《うつむ》くノルトをよく見ると、服は汚れていて、髪もオシャレで伸ばしているのではなく、おそらく切ってもらえないから目深になっているのだと思う。

それと他の子供たちは俺と同じく親と一緒だけど、ノルトには親らしき人影がない。

「まあ、冒険者は誰でもなれるから大丈夫だよ。それより一人で来たの？」

「うん。オラの父ちゃんはみんなが飲んだくれのロクデナシって言うんだー。母ちゃんは逃げたって父ちゃんが言ってたー」

「そっか……」

前世の俺のようで不憫《ふびん》に感じる。こういう時、子供は親を選べないということを恨みたくなるものだ。

「そ、そんじゃ、オラ行くよー……お互い頑張ろうって言いたかったんだー」

「あ、おい！　俺はラース！　また会ったら遊ぼう！　俺の家は丘の上にあるんだ」

「……！　うん！」

そそくさと立ち去ろうとするノルトに声をかけると、口元を緩ませて返事をしてくれた。友達になれるかなと思いながら少し気持ちが軽くなる。そして聖堂を出たところで、父ちゃんが困った顔で口を開いた。

「スキルは残念だったな……。だけど、スキルで今からの人生が全て決まるわけじゃない。活かす人もいれば、全然関係ない職につく人もいるくらいだから、やりたいことを探していこうな」

「……うん、俺、頑張るよ」

そう返事をしつつ、俺はもらった金のプレートに書かれている文字に目を向ける。

【超器用貧乏】

やはりあの時の文字は見間違いではなかった。司祭は【器用貧乏】だとしか言わなかったが、父ちゃんはどうだろう？

「父ちゃん、俺のスキルって【超器用貧乏】で合ってる？」

「ん？　さっきもそんなことを言っていたな。いや、超はついていないぞ」

父ちゃんにもこの文字は見えていないようだ。何の意味があるのか気になる……だけど答えを知る人がいるわけでもないし、今は考えても仕方がないか。

それよりハズレスキルというなら学院に通うお金を稼ぐ手段を本格的に考える必要があるかと、俺は町を観察しながら家へと帰るのだった。

◆◇◆◇◆

「おかえりー！　ね、ね、どうだった！」

「どうでしたかっ！」

「早く早く！」

「うわわ!?」

家へ帰るなりリビングまで運ばれ、椅子に座らされる。興味津々といった顔で3人が俺の言葉を待っていた。あー……期待させちゃっているなあ……兄ちゃんが珍しい【カリスマ】だったし、そこまでよくなくても、それなりのスキルが手に入ると思っていたはずだ。みんなに悲しい事実を伝えるしかないことに胸を痛めながら、俺は口を開く。

「えっと……なんかハズレスキルの【器用貧乏】ってやつだった……」

「え……」

母ちゃんから笑顔が消え、俺は金のプレートを渡す。

「はふん……」

「奥様ぁ!?」

「これってどういうスキルなの？」

膝から崩れ落ちる母ちゃんにそれを支えるニーナ。そんな騒動の中、兄ちゃんは冷静に尋ねてきた。

「それがだな――」

父ちゃんが聖堂での出来事をみんなに話すと、部屋が静かになり、お通夜みたいになってしまう。

「うう……ラース様、不憫でございます……」

突然ガチ泣きを始めたニーナにぎょっとし、俺は慌てて椅子から立ち上がって言う。

「別に足を引っ張るスキルじゃないし、仕事は好きなのができるからいいと思うんだけど……」

「確かにスキルで仕事は決まらないし、そつなくこなせるのは長所だな。だが、ハズレスキルだと知られた場合、変な目で見られないか心配だよ」

「そう？　うーん、なんでもいいから仕事ができるといいんだけど……」

俺が気落ちした声を出していると、父ちゃんが言う。

「お金のことは気にしなくていいから、な？　２人が学院へ入学できるよう、父ちゃん頑張るぞ」

「ありがとう父ちゃん！　俺、学院に行ったらスキルとか関係ないくらい、いい成績を取るよ。

で、いい仕事に就く！」

「僕もー！　ね、ラースはハズレじゃないよ、母ちゃん」

「ふふ、そうね。ラースのスキルがハズレだからって関係ないわ。ごめんね、ラースもきっと学院へ入学させてあげるわ」

「ぐす……いい話です……このお家でメイドをやらせてもらって本当に嬉しいです！」

ニーナが泣き笑いの顔でそんなことを言い、俺たちは顔を見合わせて笑う。うん、やっぱりウチの家族はみんなやさしい。俺がハズレスキルを授かっても差別なんてしなかった。

ラースとして生きてきたこの5年で、前世はどれだけ虐《しいた》げられていたか今になってはっきり分かった気がする。

結局、スキルを授かったことに変わりはないとお祝いとなった。貧しいながらも母ちゃんとニーナが腕を振るった料理を食べて今日も楽しく過ごして一日が終わる。

夕食後、お風呂から出てベッドに寝転がり目を瞑る。両親は気にするなと言ってくれるけど、お金は多い方がいい。5歳でも何かできないものかと考えるが、

「勝手にバイトをしたら怒られるか……」

結論はそこで落ち着いた。

家から出るなとは言われていないためこっそり町へ行くことはできるだろうけど、バレたら

相当怒られるに違いない。

それと町の人から父ちゃんがあまり歓迎されていないことが引っかかる。俺が父ちゃんの息子だと知られた場合、仕事をもらえない可能性は十分にある。

「……あとはブラオとかいう領主との間に何かあることが気になるかな。父ちゃんはあいつに頭が上がらない感じだったたし、町へ行くのはもうちょっと様子を見よう」

となると今の俺にできることは一つ。しっかりと【超器用貧乏】を使えるようになること。

学院に入学するのは10歳なので、あと5年は修行に使える。

「……明日から頑張ろう……」

まあ、5年もあればなんとかなると思い、俺は布団に潜り眠りについた――


――はずだったんだけど……。

「あれ？」

意識が覚醒すると、俺は自室ではない部屋に立っていて、服もいつの間にか普段着になっていた。

「ん？　ここってどこかで見たことが……」

『やあ、ちゃんと来られましたね』

「だ、誰!?」

急に後ろから声をかけられ、慌てて振り返ると、そこには黒いスーツを着た小柄な人が笑みを浮かべて立っていた。眠たそうな目をさらに細めながらスーツの人が口を開く。

『怪しいもんじゃありません。この前、アタシにお礼を言ってくれた時に返事をしたでしょう?』

「返事……? あ! あの時、窓の外から聞こえてきた気の抜けた声だ!」

『失礼ですねえ。まあ、どうでもいいですけど』

イシシ、と笑うスーツの……男にも女にも見える目の前の人物に尋ねてみる。

「君は誰なの? 男か女かも分からないし……まさか本当に神様?」

『お、おと……!? アタシのどこが男に見えるってんです!?』

「いや、スーツがズボンだし、髪も短くてボサボサ……ニートみたいだから……」

『ノウ!?』

ニートという単語が効いたのか、膝から崩れ落ちて手をつき、プルプルと震える。ああ、言い過ぎたかな。

「ご、ごめん……まさかそんなにショックを受けるとは思わなかった」

『いえ、よく考えればアタシはそういう感じでしたので問題ありません』

「なんだよ!?」

今度は俺がガクッとなってしまう。だが、意に介していない様子で話を続けてくる。

『アタシの名前は〝レガーロ〟。あ、女ですよ？　で、あなたを別世界に生まれ変わらせたのは他ならぬアタシでしてね、はい』

「そっか……この前も言ったけどとても充実しているよ、ありがとう。……ってびっくりしていて気付かなかったけど、ここ、よく見れば前世の俺の部屋だな」

『イシシ、これなら信じてくれると思いましてね』

「もう一度聞くけど、君は神様ってこと？」

『いえ、アタシはその逆。いわゆる悪魔ってやつです。人によっては神様に見えるかもしれませんがね』

「悪魔!?」

まさかの発言に俺はあとずさる。しかし、レガーロは手をひらひらと振って笑う。

『ああ、ああ、魂をくれとかそういうのじゃありませんから、心配しないでくださいや。とりあえず、あなたにはスキルについて説明をしとこうと思いましてね？　アタシが授けた【超器用貧乏】、知りたくありませんか？』

この口ぶり。どうやらこいつが授けてくれたらしい。親切な悪魔というのは少々気になるけど……。

「……お願いしてもいいかい？」

俺はそう口にしていた。するとレガーロはにっこりと笑い、

『もちろんでさぁ』

と、言って親指を立てた。というか転生してもう5年経ってるんだけど、出てくるのが遅くない……？

「それで【超器用貧乏】ってどういうものなの？」

俺は馴染みのある椅子に座ってレガーロへ尋ねる。するとどこから出したのかコーヒーの入った湯飲みを手にし、田舎の年寄りみたいな飲み方をしながらしゃべり始める。

『まあ、難しいことはないんですがね？　その名の通り【器用貧乏】ですから、やろうと思えばどんな作業や仕事も平均的にこなせるんです。だけど、前世であなたが痛感したように、ある一定までの能力しか発揮できません』

「うん。それは分かるよ。だから焦点は〝超〟の部分がどういうことなのかってところだよね」

『話が早くて助かりますよ、三門英雄さん』

「……その名前はいい思い出がないからやめてくれ」

顔が苛立ちで引きつるのが自分でも分かる。レガーロはくっくとおかしそうに笑い、話を続

ける。

『失礼、話が逸《そ》れましたね。で、【超器用貧乏】は、その〝ある一定〟の上限を超えることができるようになるんでさぁ』

「ふーん……って、【器用貧乏】は成長に上限があるの!?』

『まあ、少々語弊がありますけど、ほとんどの人がそうじゃないですかね？　ほんのあと少し努力すれば上にいけるかもしれないのに、あと一歩を踏み出さない、とかですねえ。【超器用貧乏】はその上限を踏み越えやすくするため、ラースさんがやった努力分だけしっかり上がるようになっています』

　自信とやる気があれば割となんでできるもんなんですよ、と、湯呑みを傾けながら深いことを言うレガーロ。

　……言われてみれば、俺も弟と対比しては、『これ以上は無理だ』と諦めていたような気もする。

「……」

　俺は苦い顔をしていたのだろう、レガーロが慌てて頭を下げる。

『ああ、すみません!?　ラースさんは頑張っていましたよ！　ただ、相手が悪かったというか……天才ってやつでしたからね、元・弟さんは。だけど前世のあなたも及ばずとも遠からずといった感じで能力は高かった。だから授かったスキルがただの器用貧乏では勿体ないと思ったんです、はい』

「……ありがとう。そういえば兄ちゃんや他の子たちもレガーロが？」

俺が問うと、レガーロは困った顔をして首を振り、割とショックな話を返してくる。

『基本的に授かるスキルはランダムですねえ。５歳までに育った環境や性格に左右されることもありますが、誤差の範囲。今回、アタシはラースさんに干渉してスキルを変えましたけど、本来はそういうシステムなんでさぁ』

「システム、か。ならそれを動かしているのがいて、それが神様ってことかな？」

『いえ、神様はいません』

神様については話の途中だったので推測してみるが、俺の疑問をきっぱりと否定した。

「神様はいない？」

『あ、ちょっと言い方が悪かったですねえ、神様はいなく〝なった〟みたいです。アタシはむかーし、ちょっと悪さをして封印されていたんですが、最近封印の期限が来たらしく目を覚ましたんです。しかしその封印した神様はどこにも見当たりませんでしたねえ』

「一体どこへ行ったんだ……」

『さあ？　悪魔のアタシじゃ事情はさっぱりでさぁね。神様って飽き性だったり、変な性格だったりしますからねえ。まあ、それは置いといてスキルの話に戻りましょうか』

あまりスルーしていい話でもない気がするけど、俺の知るところでもないかと思い、話を戻す。

『ラースさんの【超器用貧乏】は先ほど申し上げた通り、上限がないため、努力さえすればどんなことでもいっぱしになれます。魔法も剣もあのクソ生意気な子供が授かった【魔法剣士】なんて鼻で笑っちゃうくらいのレベルになれますよ』

「それはすごいね、努力すればいくらでも上手になれるんだ！」

努力なんて屁《へ》でもない。それくらい前世ではいろいろ尽くしてきたのだから。苦労が報われると分かっていれば興奮するのも当然である。だが、人差し指を立てたレガーロが、指を俺の口に触れさせながら渋い顔で言う。

『まあ、努力は得意でしょうから心配はしていませんが、モノによってはなかなか成長しにくいことがありますので、腐らないようご注意を』

「どうせ仕事に繋がる力を手に入れるだけだし、それに関して努力をすれば十分さ。それこそ魔法を覚えてから冒険者になるのもいいかもね」

『あなたならそう言うだろうと思っていましたよ。前世は見ていて不憫でしたからねえ』

「見てたんだ……」

『ええ、ええ。……あなたが亡くなられたあとの一家がどうなったのか知りたいですか？』

悪魔っぽいいたずら顔を覗かせて俺に聞いてくる。が、俺は即座に首を振ってお断りする。

「いいよ、今更あいつらを気にしても仕方がないし。俺はもうラース＝アーヴィング。父ちゃんと母ちゃんの息子だ」

『イシシ……そうですか？　ま、そうおっしゃるなら仕方ありませんや。というわけでいろいろと脱線しましたが、スキルについては以上です。何か質問はありますか？』

「大丈夫、努力すればいいと分かっただけでも十分だ。【超器用貧乏】を使いこなして、父ちゃんたちに楽をさせるため頑張るよ」

『分かりました。アタシも自由になった身なので、もうラースさんと会うことはないでしょう』

「そっか……それは寂しいね……でも、ありがとう」

俺が何度目かのお礼を言って手を差し出すと、レガーロはにっと笑って握り返してきた。人間も神も悪魔も、実はそんなに差はないのかもしれないなと思いながらふと気になったことを聞いてみる。

「そういえば君は何をしたんだい？　悪さって――」

『あー、時間切れですねぇ、イシシシシ……それではラースさん、よい人生を――』

棒読みで笑うレガーロに手を伸ばすと、その瞬間、視界がぐにゃりと歪み、強烈な眠気が襲ってきた。

「う……レガーロ……」

『それでは――』

その言葉を最後に、俺の視界が真っ黒になる。

結局、レガーロのことは悪魔だという以外何も分からなかったけど、もう会うこともないと言っていたから、気にする必要もないとは思う。だけどどうにも引っかかるんだよなあ……そんなことを思いながら、意識がぷっつりと途切れた。

◆◇◆◇◆

――ラースの姿が消えたあと、レガーロは部屋で一人、正座をしたまま冷え切ったコーヒーを飲み干して一息つく。

『くっく、いろいろと疑問がありそうな顔でしたねえ。アタシは悪魔ですよ？　何かあるに決まっているじゃあありませんか。ま、この姿ではもう会うことはないでしょうが……』

次の瞬間、ゴトリと湯飲みが床に落ちる音が響き、部屋には誰もいなくなった――。

友達と魔女

——レガーロと話をしてからしばらく経った。

【超器用貧乏】の使い方は単純明快かつ、俺に合っているスキルなのであれから毎日、体力と筋力、それと冒険者も視野に入れた剣術の訓練を欠かさずにやることに決め、今日も兄ちゃんと自宅付近で訓練をしていた。

「あれ、誰か登ってくるよ？」

すると丘の下から珍しく家を訪ねてくる人影が見え、やがて近くまで来たところで見覚えのある人物だと気付き声をかけた。

「えっと、ノルトだっけ？　来てくれたんだ」

「ああ、ラース君だー！」

相変わらず前髪で目は見えず、薄汚れたぶかぶか服を着たノルトがのんびりした口調で笑う。

そこで俺の後ろから顔をのぞかせた兄ちゃんが口を開く。

「誰？」

「俺がスキルを授かる時に知り合った子で、ノルトっていうんだ」

すると兄ちゃんがポンと手を打ってから、笑顔で手を差し出す。

「前にラースが会いたいって言ってた子だ！　僕はデダイト、ラースの兄ちゃんだよ、よろしくね」

「あ、あわわ……オ、オラ、手が汚いから、その……」

「気にしないでいいって、俺たちも泥だらけだし。それより久しぶりだな！」

俺が強引に握手をすると、あわあわしながらぶんぶんと手を振る。その様子が面白いなと思いながら、俺はノルトを丸太の椅子に座らせて話を続ける。

「俺も町に行きたいと思っていたんだけど、父ちゃんたちに止められてさ」

「オラも早く来たかったよー。でも家のお手伝いとかしてて……でも、また会ったら遊ぼうって言われたのが嬉しかったから絶対行くって決めてたのー！」

「そっか、家を教えておいてよかった。会いに来てくれてありがとう」

「うん……えへへ……」

表情は見えないけど、口元が微笑んでいるので嬉しいようだ。そこへ今度は兄ちゃんがノルトへ話しかける。

「ノルトのスキルはどんなやつなの？　僕は【カリスマ】っていうやつなんだ」

「オラのスキルは【動物愛護】っていうんだー。最近やっと使い方が分かってきたのー」

「へえ、どんな感じ？」

　俺が聞くと、ノルトは鼻息を荒くして俺に顔を近づけてくる。

「あのね！　オラが動物を撫でると毛がふさふさになったり、艶がよくなったりするんだよ！　それから手を叩いて呼ぶと目が合っていたらペットじゃなくても寄ってくるのー。もう町の野良猫とは友達なんだー」

「他には？」

「うーん、今のところはそれくらいかなぁ。あ、でもオラが餌をあげると猫たちはいつもより元気かも？　でも、えへへ……父ちゃんにはくだらないスキルを授かりやがってって怒られたけどねー……動物をかわいがるだけじゃお金にはならないし……」

　と、俯きながら落ち込むノルトを見て俺と兄ちゃんは困り顔になる。……でも、もしかしたらノルトのスキルは結構使えるんじゃないかな。ただ、この世界にペットを飼う人が多ければ、という前提だけど。一緒にいればこの先、他に有用な使い方を思いつくかもしれない。

　とりあえず今、俺にできることは――

「暗い話はやめよう。ノルトは遊びに来てくれたんだし、何かして遊ぼう！」

「あ、あの、ラース君……オラ、ドジだし頭も悪いけど友達になってくれる……？」

　おずおずと上目遣いで聞いてくるノルト。友達か……そういえば、前世じゃそう呼べる人はいなかったな……。

（遊んでいる暇があったら＊＊くらいできるよう勉強したらどうだ！　＊＊はまた一番だったのにお前は――）

勉強漬けだった子供時代……成長すると――

（お金が足りないんだ、アルバイトを増やしてくれないか――）

そう言われ、大学時代は実家住まいにもかかわらず週6で仕事と勉強をこなす生活をしていたので、友達を作る暇などなかった。大学に入ったのも奨学金のおかげだ。

家族のため……喜んでくれるだろうという一心で仕事をやっていたけど、それはただ自分を犠牲にして生きてきただけだったんだな、と、今更になって冷静に思う。

そして目の前にいる同世代の子に『友達になってくれ』と言われたことに胸が熱くなるのを感じた。

「……もちろんだよ！　よろしく、ノルト」

「あ、ありがとう！」

「僕も、僕も！」

俺がノルトの手を取ってもう一度握手していると、兄ちゃんが羨ましそうに俺たちの手に乗せて声を上げる。ノルトは口元を緩ませて、

「うん！　お兄ちゃんもありがとう！」

と、笑顔で返す。そこで兄ちゃんが俺の顔を見て首を傾げた。

「あれ？　ラース、泣いてる？」

「ち、違うよ、目にゴミが入っただけだって。さ、それじゃ何して遊ぼうか！」

こうして俺は通算1人目の友達を作ることができ、2人で遊んでいても楽しかったけど、3人になるともっと楽しくなった。

そしてノルトが来訪した日から、また少し生活が変化した。

「オラも冒険者になるため訓練するよー！」

そう、ノルトも将来お金を稼ぐため俺たちと訓練を始め、3人で頑張るようになったのだ。

ノルトの来訪は2日に1回程度だったけど、俺は友達のノルトが来るのを楽しみにしていた。

だけどある日――

「あれ？　山に人が向かってる？」

「あ、父ちゃんもいるよ！」

山へ向かう道に、町の人が数十人向かうのが見えた。その中に父ちゃんも見えたので俺たちは近くへと走っていく。

「父ちゃん！」

「おお、お前たち」

「野菜を売りに行ってたんじゃなかったの？」

「それがな……」

父ちゃんが口ごもると、横にいたおじさんが代わりに答えてくれた。

「……ノルトが山に入ってから戻ってこないんだ」

「「え⁉」」

俺と兄ちゃんは顔を見合わせて驚く。ノルトが山に……。

「山には〝魔女〟が住んでいるって話だ。魔物もいるし、手遅れにならないうちに見つけないとどうなるか分からない」

「魔女なんているんだ？」

「ああ、母ちゃんも薬草採りに山へ入った時に見たことがあるらしい。一緒に行ってくるから、母ちゃんに遅くなるかもって伝えておいてくれ」

父ちゃんや町の人たちは困惑する俺たちをよそに、山の中へと歩いて行った。ノルトは放置子だけど、ちゃんと挨拶もできるし、ご飯の残り物をもらうときもきちんとお手伝いをしているらしい。クズの父親は探そうとせず、町の人はノルトを不憫に思い、探しに来たのだそうだ。

「大丈夫かな……」

「心配だね……」

中には剣を持った冒険者らしき人もいたので戦力的には問題なさそうだ。

「どうして山の中へ行ったんだろう……」

心配そうに呟く兄ちゃんに、俺は首を振って返事をする。

「聞いてみないと分からないよ。……見つかるといいけど……」

「うん……」

兄ちゃんにしても初めての友達なので、もしこれで会えなくなったらと思っているのかもしれない。俺たちはしばらく山の方を見ていたけど、俺は意を決して歩き出す。

「ラース？」

「……俺、行ってくる。俺たちが遊んでいた付近までなら大丈夫だと思うし」

「ええ!?　見つかったら怒られるよ！」

「でも、心配だからさ。兄ちゃんは家で待っててよ！」

俺は父ちゃんに作ってもらった木剣を手に山の麓《ふもと》へ向かう。すると――

「ぼ、僕も行くよ！」

兄ちゃんが震えながら俺の前に出た。

「兄ちゃん、大丈夫？」

「お、弟に行かせて僕が行かないなんてダメに決まってるだろ」

俺の手を取って歩き出す兄ちゃんを見て、俺はつい微笑んでしまう。

「なんだよ、なんかおかしいかい？」

「なんでもないよ、行こう兄ちゃん！」

程なくして山の麓に着くと、俺たちは茂みや木陰を探していく。蛇や兎が驚いて飛び出してくるけど、ノルトは見つからない。

「おーい、ノルトー！」

「いたら返事をしてー！」

父ちゃんたちに見つかる覚悟で大声を出して呼ぶも返事はなく、鳥や虫の声だけが聞こえてくるばかりだった。

昔は普通に入っていた山の中だけど、ノルトがいなくなったということで俺には異質な空間に見えている。もしかして魔女に捕まったのでは……？　そんなことを考えていると、兄ちゃんが汗を拭いながらこっちへ来る。

「いないなあ。やっぱり奥へ行ったのかな？」

「かもね。あ、ここから先は母ちゃんとしか行けない場所だ……」

「本当だ……」

母ちゃんが薬を作るための野草は、山の中腹あたりにしか生息していないのでここから奥へ進むことがある。魔法を使える母ちゃんと一緒に何度かついて行ったことがあるけど、２人だけでここまで来るのは初めてだった。

「これ以上は本当に怒られるし、危ないね。残念だけど父ちゃんたちに見つけてもらうしか……」

「うん……」

兄ちゃんは落胆し、肩を落とす。たぶん、俺たちで見つけられると思っていたのだろう。実は俺も友達を見つけられるのは友達なんだと信じていた。

頭ではそれが難しいと分かっているつもりだったが、どうも子供の体に精神が引っ張られる感覚があり、なんでもできそうな思考になることが稀《まれ》にある。

それはともかく、踵《きびす》を返して帰ろうとしたところで兄ちゃんが俺に言う。

「そうだ、近くに川がなかったっけ？　汗をかいたし、顔を洗って帰ろう」

「あ、いいね。行こうか」

母ちゃんと水遊びをしたことを思い出し、川へ向かう俺たち。もしかしたらノルトがいるかも、という期待がなかったわけじゃない。

だけど見つけたのは俺たちにとって最悪のものだった。

「グルルル……」

「うわ!? く、熊!?」

「兄ちゃん！」

「グル……？」

そう、熊が川で水を飲んでいるところに遭遇したのだ。俺は慌てて大声を出した兄ちゃんを引っ張り、茂みに身を隠す。しかし今の叫び声で気付かれた可能性は高い。俺は声を潜めて兄ちゃんに耳打ちをする。

「兄ちゃん、ゆっくり離れるよ」

「う、うん……」

「でも、熊ってもっと奥にいるんじゃなかったっけ……？」

そう思うと同時に、ノルトは熊に食べられてしまったのでは、という考えが頭をよぎる。だけど、俺と兄ちゃんを足しても届かない大きさだ。仇だとしても俺たちに倒せる相手ではない。

「よし、一気に……！」

「あ、ま、待って！」

「え!? あ……いつの間に！」

走り出そうとしたところで兄ちゃんに引っ張られ、俺は尻もちをついて転ぶ。熊はいつの間にか俺たちの前に回り込んでいたのだ。

「ま、まずい……」

「僕たちは美味しくないよね……」

そのまずいではないと言いたいが、ゆっくり近づいてくる熊に俺は恐怖で動けなくなる。だけど、俺は自分の頬を叩き、震える兄ちゃんと熊の間に立ちはだかる。

「お、俺が食い止めるから兄ちゃんは助けを呼んできて！」

「い、嫌だよ、ラースを置いて逃げられない！」

「いいから！　早く！」

兄ちゃんは一瞬迷ったけど、共倒れよりはと思ってくれたのか頷いてくれた。

だけど、その一瞬の間に――

「ラース！　前!?」

「え!?　うわ、一気に来た!?」

「グルッオオオ！」

熊がよだれを垂らして襲いかかってきた！　咄嗟《とっさ》に木剣を構えて突き出すと、熊の鼻面にヒットし、熊はびっくりして後ろに下がる。俺は熊の突撃の反動で地面に転がり茂みに突っ込んだ。

「うわ！」

「ラース!?　う、うう……ぼ、僕がラースを守る……！」

「に、逃げて兄ちゃん……げほ……」

俺がやられている間に逃げ切れるはず……せめて兄ちゃんだけでも助かってほしいと声を出すが兄ちゃんは震えながらも木剣を構えたまま動こうとしなかった。もしかしたら恐怖で動けなかったのかもしれない。

「ガルゥウゥ!!」

「うわ……く、来るなぁ!!」

「にいちゃ、ん……！」

ダメか……！　両親を悲しませてしまうことに後悔しながら目を閉じる。しかしその時、凛《りん》とした女性の声が響いた。

「〈ウォータージェイル〉！」

「グルォウ!?」

「……？」

うっすら目を開けると、兄ちゃんの目の前に迫っていた熊が、水でできた鎖に絡まれて身動きが取れなくなっていた。直後、さらに声が響く。

「〈アースブレード〉！」

するとと地面から突き出てきた土の剣で熊が串刺しになる。腹を貫かれてしばらくもがいていたけど、熊はすぐに動かなくなった。

「す、すごい……！」

「ラース！」

俺が感嘆の声を上げていると、兄ちゃんが茂みに埋まった俺を助け起こす。草がクッションになってくれたおかげで擦《かす》り傷はあるけど、骨が折れたりはしていないようだ。

「今のは……魔法？」

「うん……母ちゃんの水魔法とは全然違ったけど……」

「誰が助けてくれたんだろう」

もしかしたら父ちゃんと一緒に行った人たちかもしれないと思い、姿を現すのを待つ。するとガサガサと茂みが揺れたあと、俺たちを助けてくれたであろう人物が姿を現した。

「あ、あの……だ、大丈夫、かな？　魔法、当たらなかった？」

「で、出たー!?」

おろおろしながら、そう呟く女性。だけど、その姿を見て兄ちゃんはきゅうと気絶する。それもそのはず……ボロボロな真っ黒な服で髪もぼさぼさ……助けてくれた人はおそらく〝魔女〟

だったからだ。

「兄ちゃんずるい！　俺が気絶できなくなったじゃないか！」

「あ、大丈夫みたいねぇ。そっちの子、気絶しちゃったし、う、うちに、来るぅ？」

「……俺たちを食べる気だな……？」

「た、食べません！」

とは言うけど安心はできない。だけど熊から助けてくれたのは事実で、逃げるにしても兄ちゃんを置いて行くわけにはいかない。

「……じゃあ、お願いします」

「はい♪」

魔女は手を胸の前でポンと合わせて、首を傾ける。大丈夫かなと思いながら俺は兄ちゃんを背負って〝魔女〟のあとをついていく。

「〜♪」

「鼻歌……」

〝魔女〟は先ほど倒した熊をずるずると引きずりながら鼻歌交じりで前を歩く。細い腕なのに片手で熊を引いて行くその姿は間違いなく〝魔女〟だと思う。俺は警戒を解かずに一定の距離を取ってついていくが、どんどん寂しい山の奥へと進んでいく。やっぱり俺たちを……そう思

った瞬間視界が開け、そこには――

「うわあ……すごい花畑だ！」

「いらっしゃい、ここがわたしのお家ですよぅ」

「家も立派な2階建て……本当にここが山奥なの……？」

そう感じるほど家の周辺は別世界だった。もしお菓子の家があったとしても違和感がないくらい。

「あ！」

俺が呆然《ぼうぜん》としていると、女性が熊の死体を家の横に寝かせ、俺の背中から兄ちゃんを奪った。

「さ、さあ、お茶を用意しますから、中へどうぞ！　お客さんがたくさんで嬉しいわぁ」

「ちょっと、兄ちゃんを返してよ！　やっぱり食べる気だな！」

俺が慌てて追いかけると、魔女は暖炉のついたリビングにあるソファに兄ちゃんを寝かせていた。外見に比べ室内は質素で、リビング以外にはキッチンと食事をするテーブルだけが見えた。

そして俺はテーブルにいる人物を見て驚愕の声を上げる。

「あ!?　ノルトじゃないか！」

「え？　あー、ラース君だー。どうしたのー？」

呑気《のんき》に手を振る友達に俺は脱力し、その場にへたり込んだ。するとノルトが慌てて椅子から飛び降りて俺のところへやってくる。

「あわわ、どうしたの⁉　そういえば泥だらけだねー？　あ、デダイト君もいるんだ！」

「ああ……お前が山から戻ってこないって騒ぎになってて、町の人やウチの父ちゃんが山に来ているんだぞ」

「そうなの⁉　オラ薬草を採りにきたんだけど、帰る途中で足を怪我して動けなくなったんだよー。動物とか魔物は【動物愛護】で離れてもらえたけど、痛くて全然動けなくて怖かったんだー。そしたらベルナさんが助けてくれたんだよー」

「ベルナさん？」

今、ノルトがすごいことを言っていたような気がするけど、知らない名前が出たので聞き返す。まあ〝魔女〟の名前だと思うけど――

「あ、わたしの名前、です」

「わあ⁉　びっくりした！」

急に後ろから声をかけられ、俺は飛び上がって驚いた。どうやらこの〝魔女〟の名前はベルナというらしい。見れば兄ちゃんに毛布をかけてくれている。……やさしい？

そんなベルナさんを横目で見ていると、キッチンでお茶の準備をし始め、テーブルに紅茶を置いて俺たちを呼ぶ。

「はい♪　ど、どうぞぉ」

「あ、どうも……」

おどおどしているのか喜んでいるのか難しいテンションでお茶を勧められ、俺は毒じゃないだろうなと思いながら一口、紅茶を飲む。これは……！

「美味しい……！」

「そ、そう？　よかったぁ」

「オラも何度かもらったけど、美味しいよねー」

手をパンと叩くベルナさん。前髪のせいで表情が見えないけど、今は声色で嬉しいのだと分かる。紅茶には精神を落ち着かせるハーブでも入っているのか、熊と〝魔女〟に出会った時の緊張感が抜け、ホッとしたところで俺はノルトへ尋ねた。

「で、どうしてまた、山奥まで薬草を採りにきたんだ？　母ちゃんに言えばたぶんあったと思うよ」

「父ちゃんが急におなかが痛いって言いだしたんだー。病院に行くお金はないし、自分で薬草を採りに来たんだよー」

えへへ、と頭を掻いて照れるノルトの頭を、俺は軽く小突いて盛大なため息を吐いた。

「そういう時は俺たちにも言えって。ノルトだったら父ちゃんと母ちゃんも協力してくれるよ。

「……帰ってこないって聞いてめちゃくちゃ心配したんだぞ……」

「ご、ごめんね……」

「わたしが見つけられてよかったわぁ。……町の人たちが探しているならもう行かないとね……」

「うん」

寂しそうに言うベルナさん。もう少し話を聞いてみたいけど、ノルトが見つかった今、早く無事を伝えたいと俺は頷く。だけど出発前に一つだけ尋ねることにした。

「えっと、ベルナさんは〝魔女〟なんですか？」

「え？　うん。女の魔法使いだから魔女だと思うけど……？」

「あ、はい」

口元に指を置いて当たり前だよ？　と言わんばかりに首を傾げる。歳はニーナより若いかな？

「そうじゃなくて、町の人が噂している子供をさらったり食べたりする人なのかってこと！」

「えー!?　ま、魔女って子供をさらって食べたりするのぉ……!?」

うん、どうやらこの人は天然っぽい……もしそういう人なら今頃ノルトはここにいないだろう。

町の人が言う〝魔女〟はただの勘違いのようだ。そうなると、ちょっと興味が沸いてくる。

「魔法を俺に教えることはできる？」

「え？　簡単な魔法なら、べ、別にいいけど……わたし、一番得意なのは攻撃魔法だよ？」

「あ、教えてくれるんだ！　じゃあ、今度また来るから教えて！」

「ま、また来てくれるのぉ！　うんうん、いいよぅ！」

「あ、オラも教えてほしいー！」

「も、もちろんよぅ♪」

ノルトとベルナさんが両手を握り喜び合う。一晩保護して打ち解けたんだろうと思っていると、兄ちゃんが起きてきた。

「ここは……？　あ、ラース！　それにノルト！　無事だったんだ！」

「デダイト君、目が覚めたんだ！　ごめんねー」

抱き合う2人が微笑ましいと思いながら、俺は口を開く。

「それじゃ父ちゃんたちを探しに行こうか」

「途中まで送るわねぇ」

俺たちはベルナさんの家を出ると、父ちゃんたちを探すため森を歩き始める。ベルナさんがいるので心強さを感じながら進んでいると、思いのほかすぐに見つかり安堵する。

そこでベルナさんは「それじゃあまたね」と笑い、父ちゃんたちと会わずに家へと帰っていった。またお礼をしに行けばいいかと3人で頷き、俺は父ちゃんに声をかけた。

「父ちゃん！」

「ん？　……デダイトにラース⁉　それにノルトじゃないか！」

「おおーい！　見つかったぞー！」

父ちゃんと一緒にいたおじさんが大声でみんなに知らせると、安堵した町の人が涙ぐみながらよかったと口々に呟いていた。

険しい表情をした父ちゃんたちに連れられて下山すると、ノルトは呑気に手を振りながら大人たちと丘を降りて行った。そして、家へ帰ると――

「ノルトを見つけたのはよかったけど、勝手に山奥に入ったのはダメだな？」

「あ、俺、疲れたから部屋に戻るね」

「あ、ずるいよ、ラース⁉」

「兄ちゃんだってベルナさんを見て気絶したじゃないか！」

「つべこべ言わない！」

次の瞬間、父ちゃんの拳骨が俺たちの頭に落ちた。でも、ノルトが無事で本当によかったよ。

魔法の先生

――今日は俺、兄ちゃん、ノルト、そして母ちゃんの4人でベルナさんの家へ行くため山を歩いていた。もちろん助けてくれたお礼と、魔法を教えてくれる件について尋ねるため。

お土産は母ちゃんの焼いたケーキをノルトが運搬係として持ち、俺たちはピクニック気分で山を歩く。

「転ばないようにね」

「うんー！　ありがとう、デダイト君」

ノルトと並んで歩く兄ちゃんの声が背後から聞こえてくる。最近、兄ちゃんはよくノルトに構っていてやっぱり友達は大事にしたいんだろうと顔が綻《ほころ》ぶ。紹介した甲斐があったよ。

「ふふ、仲がいいわね。ラースはいいの？」

「え？　何が？」

「うーん、ラースにはまだ分からないかしら？　ま、ケンカしないようにね」

「？」

母ちゃんがよく分からないことを言い、俺は首を傾げるが、答えは見つからず、やがてベルナさんの家へと到着した。例の花畑が目に入り、やはり夢ではなかったのだと、花のいい香りを感じながら玄関へ向かう。

「これはすごいわね……あっちは薬草畑？　と、とりあえずご挨拶しましょうか」

「へへ、すごいでしょ！」

俺たちが褒められているようで嬉しくなり、３人で笑い合う。さて、ベルナさんはいるかな？

「こんにちはー」

「遊びに来たよ」

「こ、こんにちは……」

兄ちゃんは最初に出会って気絶したのが気まずいのか、俺とノルトの後ろに立って挨拶をする。しかし、家から反応がなく俺たちは首を傾げた。

「……あれ？　返事がない……」

「もう一回、オラが言うねー。こんにちはー！」

ノルトが珍しく大きな声で言うも、やはり返事は返ってこなかった。

「まさか……」

俺は嫌な予感がして、慌てて玄関のドアを開けて中へ入る。

「ベルナさん！」

「ううう……遊びに来るって言ったのに……遊びに来るって言ったのにぃ……」

「ええー……」

俺の心配をよそに、ベルナさんはリビングのテーブルを指でいじりながらめそめそと泣いていた。そんなに楽しみにしていたの⁉ というか、まだ3日しか経っていないんだけど……そう思いながら俺はベルナさんの肩を揺すって声をかける。

「遊びに来たよ、ベルナさん！」

「ふえ……？ あ、ああ！ き、来たあ！」

「うわっぷ⁉」

「わあ⁉」

涙と鼻水顔のまま、俺たちを見るなりガバッと抱きつかれた。服はボロボロだけど、この人、結構胸が……。

「ちょ、ちょっと落ち着いて⁉」

「よかったぁぁぁぁ！」

それからしばらく泣き止まなかったので、落ち着くまで待ち、しばらくしてからしゅんとなったベルナさんが小さく呟く。

「ご、ごめんなさい……」

「いいのよー。まさか魔女がこんなにかわいいお嬢さんだったなんてねえ」

母ちゃんがいることに気付いたあと、恥ずかしくなったのかベルナさんは顔を赤くして俯いていた。母ちゃんはその姿がかわいいと笑う。

「はい。これ、ウチで焼いたケーキよ」

「わあ、お、美味しそう！　あ、紅茶を出しますね」

この前と同じ紅茶を出してくれ、落ち着くなと思っていると、一口飲んだ母ちゃんの目が大きく見開かれた。

「……これ、隣国の茶葉じゃない？　どうして山奥に住んでいるあなたがこれを……？」

「あ、分かるんですねぇ、嬉しいです！　故郷から持ってきた種を栽培しているんですよぅ。山奥なのは逃げ……あ、あ、いえ、山奥なら迷惑がかからないかなと思いまして」

「……」

母ちゃんは一瞬何かを考えたが、すぐに笑顔になりベルナさんへ言う。

「いいわ、事情は聞かない！　まずはこの子たちを助けてくれてありがとう。おかげで悲しいことにならなくて済んだわ」

「い、いいえ、たまたま見かけただけですからぁ」

「それと、この子たちが魔法を習いたいって言うんだけど、お願いして大丈夫かしら？」

「いいですよぅ、任せてください。使い方を誤らないようきちんと教えますねぇ」

「ふふ、ありがとう。それじゃローエンに頼んでここまでの道を作ってもらおうかしら。あ、それと私も遊びに来ていい？　少し見えたけど薬草畑もあるわよね。ほしいのがあったら売ってもらいたいんだけど」

「いつでも遊びに来てください！　あ、薬草はお譲りしますよぅ？」

「それはダメよ、きちんと買わせてもらうわ。あ、でもちょっと相場より安くしてくれると助かるかも」

「もちろんいいですよぅ♪」

それから母ちゃんとベルナさんは楽しそうに話を続け、残された俺たちはその様子を見ながら肩をすくめる。

「俺たちより母ちゃんの方が楽しそうだね」

しばらく話し込んでいたけど母ちゃんが薬草畑を見たいと言って移動し、俺たちは庭でベルナさんの話を聞くことになった。

「それじゃあ魔法についてお話するねぇ」

「はーい！」

俺たちは元気よく返事をすると、ベルナさんは嬉しそうに微笑んでくれる。

「……これも、これもほしい……でもお金が……薬を売れば元は……デダイトの入学金まであと少しだから――」

母ちゃんは近くの薬草畑で一人呟きながら物色し、兄ちゃんの入学資金の計算をしていた。あと3年で兄ちゃんが10歳になるので入学まであと少し。いい薬草で作った薬を売れば少しは足しになると思えば、ベルナさんと会ったのはよかったのかもしれない。

最近、両親のおかずが減っていて心配になっていたんだよね……

それはさておき、ベルナさんが話し始めたので耳を傾ける。

「えーっと、魔法を使うには魔力が必要なんだけど、これは誰でも持っているの。だからみんなも使えるから安心してねぇ。でも、一つ注意点があるからよく聞いて？」

「うん。頭がパーになるって母ちゃんに聞いたけどそのこと？」

俺がそう言うと、口元をにっこりさせ首を振る。

「違うわよぅ。魔力は人によって持っている量が違うの。走ったら疲れるでしょ？　でも同じ場所まで走って疲れる人と疲れない人がいるよね。それと同じで、魔力量以上の魔法を使うと疲れるし、気を付けないと気絶しちゃうわ。教える人がちゃんと見ていないと死んじゃうこともあるから、勝手に使わないようマリアンヌさんはパーになるって脅かしたんだと思うの」

あんまり無理すると気絶、悪くすると命に関わりそうだと聞いて無意識に手を握りしめて姿勢を正す。母ちゃんは訓練をする俺たちが勝手に魔法を使わないようあんな風に言ったのだ。

母ちゃんが魔法を教えてくれなかった理由も、おそらく俺たちを見る時間が取れないからだろう。

「次に、魔法の種類ねぇ。わたしが得意な〝攻撃魔法〟の他に、身体能力を上げる〝補助魔法〟傷や毒を癒す〝回復魔法〟それと〝生活魔法〟が基本ね」

「基本、ってことは他にもあるの？」

俺が手を上げて聞くと、ベルナさんが俺の頭を撫でてくれる。

「うんうん、賢いねぇラース君は。そう、他にもあるの。姿を消したり、空を飛んだりする〝古代魔法〟がね」

「古代魔法!?　そんなのがあるの！」

本で一通り魔法についての知識を得ている兄ちゃんと俺が驚く。古代魔法についての記述を目にしたことがないからだ。

「古代魔法……それも教えてくれるの？」

「んー、今はまだ教えられないかなぁ。まずは基本的な魔法を覚えてからだし、古代魔法は使えるまでに年月を要するからねぇ」

「特殊なスキルが必要とかー？」

ノルトが俺の真似をして手を上げて言うと、ベルナさんが首を振る。

「魔法の習得自体は特殊なスキルって必要ないから、そうじゃないの。わたしは【魔力増幅】のスキルを持っているけど、関係ないわぁ。あ、でも【魔法効率術】みたいな知識系のスキルを持っていたら早いかもしれないけど」

なるほど……魔法は特殊な位置づけじゃないから誰でも使える。けど、その中で難しいものはスキルがあれば習得しやすくなるってことか。

「どれくらいかかるのかな？」

「人によるけど……古代魔法は40歳くらいになってようやく、って人もいたわねぇ。だから今は基礎をやろうねー♪」

するとベルナさんは鼻歌交じりで楽しそうに棒を用意し、俺たちに握らせてくる。棒の先には野球ボールくらいのガラス玉がついていた。

「これは？」

「杖《つえ》に見立てた棒よ。これを使って振れば魔力が少なくても発動するから。ちょっとやってみるわねぇ。〈ファイア〉」

「おー」

ベルナさんが魔法を使い、棒の先から小さい炎が出た。ノルトが丸太から立ち上がってぱちぱちと手を叩くのが微笑ましい。

「さ、やってみて」

「はーい！」

ベルナさんにそう言われ、おのおの棒を振って魔法を使う。

「「「ファイア！」」」

しかし3人とも棒の先から煙のようなものが出るだけで、何度繰り返しても炎は出ない。その様子を見てベルナさんが頬に手を当てて口を開く。

「ふふ、最初はそんなものだから安心してねぇ。『火よ出ろー、火よ出ろー』ってどんな火を出したいか考えながら使うといいかな？」

「イメージが大事なのか……」

そしてそこからさらに数時間――

「ファイアァァァ！」

「ふ、ふぁいぁ……はあ……はあ……」

既に3人とも体力の限界で、なかばやけくそに叫んでいた。だがその時――

「フ……〈ファイア〉ァァァァ!!」

最後の力を振り絞った俺の杖からボッと火が放たれた！

「お、おおおお!? で、出た！　今、ちょっと出たぁぁぁ！」

「ラース君、すごいすごいー！」

ノルトが俺の手を取って興奮しながら飛び跳ねる。正直これほど苦戦するとは思っていなかった……。

「あ、ラース君すごいねぇ。どう、結構難しいでしょう？　でも魔法が使えると便利だから頑張ろうねぇ♪　でも、いたずらで人に向けて撃ったり、動物に使ったりしたらダメですよぅ？　そういうことをするといつか自分に返ってきますからね」

「うん。兄ちゃんやノルトが火傷したら俺、嫌だしね」

「そうだね……そう思ったら怖いかも」

兄ちゃんが不安げに言うと、ベルナさんが笑いながら俺たちの頭を撫でてくれる。

「うんうん、そういう気持ちが大事なの。さ、今日はこれくらいにしましょうか、いただいたケーキを食べましょう」

「うん！　次は僕も火を出すよ、ラースには負けられないもんね！」

「オラも頑張るよー」

「そういえば今度からベルナ先生って呼ばないとね」

俺が後ろ頭に手を組んで笑うと、ベルナさんがあわあわとしながら口を開く。

「ええ⁉　わたしが先生ぇ？」

「うん。教え方がそんな感じだったし、魔法の先生だよ。それにおどおどしなくなったもんね」

「あ！　生意気を言わないのぅ」

顔を赤くしたベルナさんの手から逃れ、家へ向かう途中、薬草畑から出てきた母ちゃんと鉢合わせる。手にはたくさんの薬草を持ち、ほくほく顔だ。

「あら、終わったの？　ベルナの畑は本当にすごいわ。これ、買っていい？」

「そんなことないですよぅ……というかそんなにいっぱい使い道があるんですかぁ？」

「もちろんよ、これなんか――」

「母ちゃん、それはいいからケーキを食べようよ」

また母ちゃんのうんちくが始まったので、俺が止め、みんなでケーキを食べてから帰宅。

楽しい一日が終わり、ベッドへ寝転がると、どっと疲れが出た。これが魔力を消費したってことらしい。

「確かに子供が無理したらやばそうだ……」

それでも魔法が使えるようになったことを喜び、心地よい疲れの中で眠りについた。

運命の収穫祭

――ベルナ先生の魔法教室が始まってからしばらく経ち、俺たち3人は徐々に魔法を使えるようになってきた。もちろん簡単にはいかず、ノルトが雑草を燃やしてのボヤ騒ぎや兄ちゃんが〈ウォーター〉という魔法で花畑に水をやりすぎるなどのハプニングがあった。

俺も最初は兄ちゃんたちのことは言えないレベルだったけど、ある時『あ、なるほど』といった感じで理解できるようになったあとは、焚火《たきび》ができるくらいの火は出せるようになった。

何度も〈ファイア〉を使ったので、悪魔レガーロが言ったことが正しいなら【超器用貧乏】で成長したのだろう。しかし2週間でこのレベルとは……ハズレどころかものすごいスキルだ。

さて、今日はそんな楽しい魔法教室から離れ、一家揃《そろ》って〝収穫祭〟という、年に一度のお祭りが始まった町へと繰り出していた。ニーナも途中まで一緒だったけど、実家に帰ると言って途中で別れている。

「うおおお、町だ！」

「町だー！」

「お前らテンション高いなあ」

苦笑しながら言う父ちゃんに、なんで今年は参加したのか聞いたところ、俺もスキルを授かる年になったからだそうだ。人も多いし、迷子になるのを避けるため……と、もっともなことを言っていたけど、俺たちを町に近づけたくないのは承知している。

「さて、お前たちは初めての収穫祭だし、屋台で好きなものを買っていいからな」

「うん！」

「あ、焼き鳥だって、あれ食べたい！」

兄ちゃんの言葉を皮切りに、そこから怒涛《どとう》の町内巡りが始まる。雑多な町の中を散策していると、とある店のおじさんが俺たちに声をかけてきた。

「おー、ローエンさんじゃないか。息子さんかい？」

「はは、下の子も大きくなったから収穫祭に連れてきたんだ」

父ちゃんが笑いかけると、おじさんが周囲を気にしながらこっそり話し出す。

「……またウチに野菜を頼むよ。俺はあんたの味方だ、相場で買わせてもらうよ。市場じゃ買い叩かれてるんだろ？」

「まあ、それは構いませんけど……」

父ちゃんが曖昧《あいまい》な笑顔で応対していると、今度は別のおばさんが母ちゃんに声をかけてきた。

「マリア、この前の薬、よかったって評判がいいよ。ちょっと多めに頼めないかねえ？」

「いいですよ。収穫祭が終わったら納品しますね」

……思ったより好意的な町の人が多いなと耳を傾けながら感じる。『マリア』は母ちゃんの愛称なので、町の人がそう言って声をかけてくるのは好意的な証しだ。ただ、ほとんどの人は相変わらず父ちゃんと関わりづらそうな雰囲気を出していた。

そのあと、いつか通うかもしれない『オブリヴィオン学院』や冒険者ギルドといった場所を巡り、買ってもらった串焼きやお菓子、果物のジュースを買い食いしながら楽しく過ごす。歩いたおかげで町の地図が頭にできた。

さて次は、と思ったところでガラの悪い男2人が話しかけてきた。

「おや、ローエンさん。こんなところで贅沢《ぜいたく》をしていていいのかね？　……ふうん、息子が2人もいるのか。金がないのに生意気だな」

「全くだ。なあ、マリア。こんなやつと別れて俺と暮らそうぜ？　金はこいつよりあるからよ」

下卑《げび》た笑いでそんなことを言うと、母ちゃんは俺たちの手を取って踵を返す。

「お断りよ。あっちへ行きましょう」

「ああ。……金がないと言ったか？　息子を学院に通わせないといけないから節約しているだけで、お金は貯めてあるよ。では失礼」

父ちゃんも相手にしないという態度で立ち去ろうとする。そこで片方の男が口を開く。

「チッ……長男のせいでおまえは——」

「……！　貴様！　それ以上言えば、俺も黙ってはおれんぞ！　息子は関係ない！　黙っていろ！」

「お、おい、行こうぜ……」

「くそ……」

ものすごい剣幕で男の胸倉《むなぐら》を掴んで締め上げると、男たちは慌ててどこかへ逃げ去っていった。

俺たちがポカンとしていると、兄ちゃんを抱っこして言う。

「あ、あはは！　ああいうタチの悪いやつらがいるからお前たちだけで町に近づいてほしくないんだ。もうちょっと大きくなるまで、な？　学院に通うようになるまで我慢してくれ」

「うん……父ちゃん、お金大丈夫？　僕、学院に行かなくてもいいよ？　ベルナ先生に魔法を習うから」

その時、父ちゃんが一瞬泣きそうな顔になったのを見逃さなかった。もしかしたら無理をしているのかもしれないと俺は母ちゃんの手をぎゅっと握り、早く2人に楽をさせてやりたいと強く思った。

「もう少し遊んだら帰りましょうか。まったく、不愉快な連中よね」

「ま、仕方ないさ。お土産を買って帰ろうか」

「うん！　……あれ……？」

その時、道の角を曲がるニーナらしき人影が目に入った。もしかしたら実家はこの近くかな？

俺はいたずら心が芽生え、サプライズで家を尋ねてみようかとほくそ笑む。

「ねえ、ちょっとトイレへ行ってきていい？　すぐ戻るから！」

「あ、おい、待つんだラース！　一緒に――」

「ごめん、漏れそう！」

「広場にいるからな！」

ついて来ようとした父ちゃんを引き離し俺は角を曲がる。しばらく走っていると、ニーナの後ろ姿を発見した。

「やっぱりニーナだ。ふふ、驚くかな？」

前を歩くニーナはいつものメイド服ではなく、おしゃれなワンピースを着て眼鏡もかけている。

もしかして彼氏とデートだったりするかも？　そうだったら邪魔しないでおこうと考えていると、大きな屋敷の前で立ち止まった。

「ニーナの家にしては大きいけど……」

すると、周囲を注意深く見渡したあと、ホッと一息ついて、玄関を目指して歩きだした。

「ここってもしかして……」

答え合わせをしてくれるように、玄関でニーナに声をかける人物が目に入る。

「よく来たなニーナ。父上がお待ちだ」

「あいつはリューゼ……！　やっぱりここは領主の屋敷……。でもどうしてニーナがこんなところに……？」

俺は胸がざわつくのを感じ、庭へ侵入する。身を隠すところが植栽しかないので、2階に行かれると手の打ちようがない。

「ニーナはどの部屋に……？　お？」

「──です」

壁沿いの植栽に身を隠しながら窓を覗いていくと、運良くニーナを見つけることができた。

ニーナは、立ったままソファにふんぞり返る豚……もとい、ブラオと会話をしていた。俺はそのまま耳を澄ませて会話に集中する。

「ローエンたちは苦労しているようだな？」

「そうですね……」

ニーナの顔は伏せて見えないけど、声色で不安げな様子が伝わってくる。

「くっくっく……いい傾向だ。このまま町を追い出してやるのも面白いか？」

「……」

こいつ、俺たちを町から追い出すつもりなのか。一体なんの恨みがあってそんなことを……

俺のそんな疑問は次の会話で明らかになった。

「……もうアーヴィング家に関わるのをやめてもいいのでは？　領主になれて満足でしょう。ローエン様たちも必死です。売りに来られた野菜や薬を安く買い叩く卑怯な真似は……あっ⁉」

「黙れ！　貴様、誰に向かって口をきいておるか！　私はこのガスト領の領主だぞ！」

「ニーナ……！　くそ、あいつめ……！」

激怒したブラオがニーナを引っ叩くのが見え、俺は飛び出すのを必死で抑えて歯噛みする。

とりあえず今の状況がこいつの嫌がらせだということが判明しただけでもここに来た意味はあったかと思っていると、さらに驚愕の話が飛び込んでくる。

「……その地位もローエン様から奪ったくせに……！」

「黙れと言っている！　ニーナよ、お前の母親の治療費を出したのは誰だ？　この私だろう？死にかけていたババアを助けたのは？」

「それもあなたの仕業でしょう！　あなたのスキルは【薬草の知識】だと後で知りました。お母さんが毒草の中毒症状で苦しんでいたのはそういうことでしょう！」

……だんだん見えてきたぞ。ニーナはブラオが『領主の地位』を父ちゃんから奪ったと言った。父ちゃんが元・領主であれば、貧乏なのに家が立派で、ニーナというメイドがいても違和感はない。ついでにニーナが薄給でもいいと言った理由もこれで納得がいく。

――彼女はブラオのスパイなのだ。

「証拠はあるまい？　大金の肩代わりになんでもすると言ったのはお前だ、ニーナ。故にローエンとマリアンヌの動向を探らせているのだぞ？」

「卑怯者……！　ローエン様を領主から引きずり下ろした時も、2歳になるデダイト様に毒を飲ませたからでしょう！」

「……ふん、聡《さと》い女は早死にするぞ？　くく……使用人だった私が毒草の調合をして子供に飲ませ、そこへ私の息がかかった医者を呼び、助けるには大金が必要と金を積ませて領主から降ろす……。古くからの友人で信用のあった私は疑われなかったよ。その時、私は子供用のミルクに毒を入れて出かけていたしな。さらに子供は助からなかったという筋書きだったのだが――」

……！　俺はとんでもない言葉を耳にし、頭がカッとなる。こいつ……兄ちゃんを殺そうとしていたのか……!?

「――誤算があった。子供は死ななかった」

「当たり前です！　毎日、不眠不休でいろいろな調合をして薬を作っていた奥様が子供を助け

られないはずはありません！　もしかしたらお腹にいたラース様も流産していたかもしれないのに！　もういいです、このことを——」

「ローエンに言うか？　その時はお前の母親があらぬ罪で捕まえるかもしれんな？」

「……!?」

ニーナの顔が青ざめ黙り込んでしまう。ニーナも家族のために仕方なく言うことを聞いているだけなのだ。さらにブラオは下卑た笑いを浮かべて、ニーナの肩に手を回す。

「私のものになれ。やつが領主だった頃から知っている仲じゃないか？」

「嫌です、離してください……！」

「何を拒む必要がある。私は領主で金も地位もある」

「ロクな政治もできないクソ領主だって言われているのを知っていますか？　ふふ、分不相応とはあなたのためにある言葉ですね！　……あう!?」

「黙って聞いておればぺらぺらと囀《さえず》る！　今まで我慢してきたが、もういい！　体に教え込ませてやろう！」

「ああ!?　だ、誰か——むぐ!?」

「くっく、誰も来ないぞ？　ここは私の屋敷だ！」

いけない、このままじゃニーナが！

「届けよ……〈ファイア〉」

俺は小声でクソ豚野郎に向かって火を放つ。手のひらサイズの火が、シュッとブラオの髪に着火した。

「ん？　なんか焦げ臭い……あ、熱いぃぃぃ⁉　ニーナ、け、消してくれ！」

「はあ、はあ……もうあなたの言うことは聞きません。もし、母さんに何かあれば、その時はローエン様とギルドへ全てを話します！」

「うおお、熱い⁉　ま、待て、ニーナぁぁぁ！」

ニーナはブラオを放置して屋敷を出たので、俺はホッと胸を撫で下ろしその場をあとにする。

……あの様子だと、ニーナは母親のことを想って父ちゃんたちに言い出すことはなさそうだ。

ブラオもニーナと母親に手を出すことが諸刃の剣だと理解していれば、現状維持を選ぶと思う。

それにしてもブラオが父ちゃんを罠にかけ、成り代わったという話は大きな収穫だった。父ちゃんたちが隠していたことも全て分かった。

——終わったことだとまずは飲み込み、俺は走るニーナを追いながら一人呟く。

「兄ちゃんを殺そうとして、父ちゃんと母ちゃんを陥れた……許されることじゃない……」

だが、力も金もない5歳の俺にできることは、悔しいがない。このことを父ちゃんたちに言っても、証拠が本人とニーナの証言しかないため迂闊《うかつ》なことはできない。現状を鑑みて俺は歯噛みする。

「……今はその地位を預けておいてやる。ブラオ、俺が必ずお前を地獄に叩き落とす――」

俺の生きる目標が一つ増えた瞬間だった。

そのままニーナが家に帰るのを見届けてから広場へ行くと、すぐに兄ちゃんが手を振って呼んでくれた。

「遅いよ、ラース！」

「ごめん、ちょっとお腹が痛くて……」

そう言うと、母ちゃんが目線を合わせて声をかけてくれる。

「大丈夫？　お薬飲む？」

「父ちゃんの背中に乗るか？」

両親の心配そうな顔を見ると、さっきの話を思い出して泣きそうになる。

兄ちゃんが死にそうになった経験から、母ちゃんはベルナ先生の薬草をあんなに貴重がっていたのかな……

「何？　母ちゃんの顔をじっと見て？　ちゅー、したくなった？」

「ち、違うよ！　ただ、母ちゃんはすごいなって」

「ははは、急にどうしたんだ？　まあマリアがすごいのはそうだけどな！」

そう言って笑う父ちゃんに、俺は２人の凄さをどう伝えていいか分からず、身振り手振りを使って言う。

「父ちゃんもすごいよ？　いつも俺たちのために野菜を売りに行くんだもん。ご飯が食べられるのは父ちゃんたちのおかげだよ！」

「おいおい、どうしたんだ、本当に？」

「ふふ、お祭りで興奮しているのかもね？　それじゃ帰りましょうか。おんぶする？」

「ううん。兄ちゃんと手を繋いで帰る！」

「ホント、仲がいいわねー」

母ちゃんが呆《あき》れたように笑い、俺たちも笑顔で丘の上の家を目指す。俺は幸せだ……前世じゃこんなことがなかったから、家族にどう感謝を伝えていいか分からない。でもこれから頑張ってもっと伝えようと思う。

そんな決意をしたその日、ニーナは俺たちの家へ帰って来なかった――。

◆◇◆◇◆

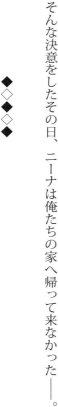

とんでもない事実を知った収穫祭が終わり、暑さが増してくる季節に入ると、周囲の状況にも変化が訪れる。

まず、ノルトがあまり遊びに来なくなった。収穫祭の時、ノルトの父親が酒を飲んでケンカになり、仲裁に入ったノルトを叩いたところを見た人が警護団に通報。今までの行いから親の資格なしと、ケンカの罪で投獄され、その間にノルトは孤児院に引き取られてしまったのだ。

孤児院のお手伝いを始めたからウチに来られないのは仕方がないけど、それから兄ちゃんが目に見えて落ち込んでいる。遊びに来ないわけじゃないんだけどね。

次にニーナ。

収穫祭以降、昼間は町で別の仕事をするようになった。おそらく、スパイを辞めたことにより報酬をもらえなくなったからだろう。

ニーナは心配だけど、今の俺にはできることがない。彼女に何もないことを祈るばかりだ。

そんなことを考えながら、俺は今、一人でベルナ先生の家へ来ていた。

「こんにちはー」

「あ、ラース君こんにちはぁ。今日も一人?」

「うん。兄ちゃんはノルトがいないからって家で本を読んでいるよ」

「うふふ。いいところを見せられないからねぇ」

「え？　兄ちゃんがノルトにいいところを見せるの？」

「あらぁ、ラース君にはまだ早いかなぁ？」

ベルナ先生が母ちゃんみたいなことを言い、俺は憮然《ぶぜん》とする。だけどすぐに深呼吸して気持ちを落ち着かせた。

今日、一人で来たのは理由があってのこと。

それは――

「ベルナ先生、俺にもっと魔法を教えてください。実は――」

俺は町との関わりが少なく、知っている人の中で一番信用ができて強いベルナ先生に家族の事情を話した。最初はびっくりした顔をしていたけど、兄ちゃんが殺されそうになったことがあると言ったあたりで頬を膨らませて怒りを露わにする。

「なんて人でしょう！　わたし、そういう人が大嫌いです！　わたしもあっちで……あ、ううん、それよりラース君、魔法をもっと覚えてどうするのぉ？　領主さんは悪い人だけど、殺してしまうとラース君が犯罪者になるわ。例え魔法で痛い目に合わせても、殺せなければ必ずラース君を恨み、立場を使って逆に殺しにくるかもしれない。復讐のためだけに使うなら、わたしは魔法を教えてあげられないわよぅ？」

まあ、先生ならそう言うだろうと思っていた。もちろん直接やれれば一番いいけど、先生の言う通り、殺せば犯罪。中途半端に生かせば逆に復讐されるだろう。俺に敵わないなら他の家族に、というのはあり得ることだ。だから俺は先生に言う。

「ブラオはまだウチをどうにかしようと企んでいる。だから、みんなを守るために強くなりたい」

「……」

先生はそこでどうするか思案を始め、しばらくリビングに沈黙が訪れる。やがて先生は口を開いて俺に告げる。

「……分かったわぁ。でも、無茶なことはしないようにね？」

「ありがとう！　大丈夫、あいつは社会的に抹さ……ううん、大きくなったらあいつよりお金を稼いで領主の座を取り返すつもりだから」

「うん？　何かよくないことを言わなかったぁ？」

「ぜ、全然そんなことないよ！　さ、何からやる？」

「そうねぇ――」

というわけで、俺は兄ちゃんやノルトがいない時は別メニューでベルナ先生に師事を仰ぐことになったのだった。

まだ焦る必要はない。少しずつ力をつけていくことが、今の俺にできることなのだ――。

兄ちゃんの入学

――ブラオを追い落とすと誓いを立てたあの日から早3年。俺は8歳になっていた。

3年という修行期間で分かったのは、【超器用貧乏】の特性。

楽なルーチンを繰り返すだけでも微力ながら能力は上がることが判明した。だけど、ベルナ先生が指示してくる『少しきつめ』だと思える訓練をすると効果が高く、例えば1回の訓練で兄ちゃんの能力が0・1%上がったと仮定すると俺はスキルのおかげで0・3%上がる。でも負荷をかけると0・4%になるって感じかな？　まあ、微々たる違いだけど、塵も積もればばってやつだ。

そんな訓練もほとんど俺一人で行うことが多く、ノルトは年長になってから孤児院の手伝いでますます足が遠くなり、ノルトが来なくなったことにより兄ちゃんはサボりがちだった。

だけど、学院に入学が決まった1年前から、兄としてカッコ悪いところは見せられないと訓練を増やし、その結果、気力、体力、時の運……もとい、剣術、体力、魔力は、同じ歳で勝てる子はいないであろうレベルになった……はずだ。

今日はそんな兄ちゃんの入学式。出発前の最後の確認を行っているところである。

「忘れ物はないわね？」

「大丈夫だよ、母さん。でも、本当に学院に通えるなんて思わなかったよ」

笑顔で制服を整えながらそんな会話をする2人。『オブリヴィオン学院』の新しい制服が眩しく見える。

「はっはっは！　ちゃんと通わせると約束したからな」

兄ちゃんの言葉に、少し痩せた父ちゃんが笑いながら頭を撫でる。やはり完璧に貯金ができたわけではなく、俺たち以外の食費を削り、両親は衣服や娯楽品を買うのを我慢してお金を工面していた。

俺はそんな父ちゃんたちを見て、一層強くお金を稼ぐことを考えるようになった。雑用でもなんでもいいから少しでも稼がないと、父ちゃんが倒れたら俺はきっと後悔する。怒られても俺はお金を稼ごう。町に話の分かる人はきっといるはず……。

そんなことを考えながら、俺は兄ちゃんに声をかける。

「兄ちゃんかっこいいよ」

「そ、そう？　ありがとう！」

「デダイト様、ご立派になられて……」

「いつもありがとう、ニーナ。それにしても遅いなあ……」

なんだかそわそわしている兄ちゃんに、俺はもう一度声をかける。

「どうしたの？　早く中に入らないと入学式が始まるよ？」

「も、もうちょっと待って……」

「ふふ、ラース、もうちょっとだけ待ってあげましょう？」

俺が首を傾げていると、ちょうどその時、息を切らせて女の子が走ってきた。

「お、遅れたー。ごめん、デダイト君ー」

「え？　誰？」

「え!?」

と、ひどく驚いたのは兄ちゃんに声をかけてきた女の子。

茶色のセミロングの髪をしたかわいい子で、鼻骨の上に少しだけそばかすがある。服は髪と同じく薄い茶色で、半ズボンという恰好だ。兄ちゃんの名前を口にしたその声は聞いたことがあるような……？

「うう……」

よく見れば俺を見て、少し泣きそうな顔をしており、次に兄ちゃんの一言で俺は言葉を失う。

「ノルト！　よかった、来てくれたんだ！」

「うんー！　オラ、デダイト君のかっこいい姿を見たかったからねー」

「ノルト……？　……ノルト、え⁉　ノルトってノルトなの⁉」

ノルトという言葉が崩壊しそうな勢いで俺は叫ぶ。いや、待って、目の前のかわいい子がぶかぶか服を着ていたあのノルトなのか……？　俺が困惑していると、頬を膨らませてノルトが言う。

「そうだよー？　え、本当にオラが分からなかったの……？」

「……ごめん……」

俺は謝まるしかなかった。ノルトは憮然とした顔をしていたけど、すぐに笑顔になり俺に言う。

「うーん、でもラース君は会った時からそうだったよねー。デダイト君はすぐにオラが女の子だって分かったんだけど」

まさかのボクッ娘《こ》ならぬオラっ娘《こ》だったとは……思えばノルトの来訪が少なくなって落ち込んでいた理由はこれだったのか、と理解ができた。兄ちゃんはノルトが好きなのだ。

「あんた今頃気付いたの⁉　ラースの将来がちょっと心配になったわ……こんなにかわいいのにね」

「わわ……オラ、かわいいことないよう―」

母ちゃんに抱っこされ、バタバタとはにかむノルトは確かにかわいかった。むう、この様子だとノルトも兄ちゃんが好き……俺は完全に乗り遅れたのだと痛感する。

最初に知り合ったのは俺なのに……とは言わない。何もかも自己責任なのだ。

すると兄ちゃんが急にノルトの手を取って口を開いた。

「ぼ、僕、学院で頑張って勉強する！　だから大きくなったら僕と結婚してほしい！」

「ええ!?　オラでいいのー!?　……大きくなってもドジかもしれないよー……？　両親もいないし……」

「いい！　両親は父さんと母さんがいる！」

「……わ、分かったー」

強く熱弁し、ノルトの手を強く握る兄ちゃん。するとノルトはその言葉に顔を隠して頷き、カップルを飛び越えて許嫁《いいなずけ》が誕生した。

俺たちみたいな一般家庭の結婚相手は身近な子が多いらしいと、ニーナが言っていた。だからこの年からお嫁さん候補を確保する子は意外と少なくないのだとか。

ニーナはメイドになったから相手に恵まれなかったとぼやいていたけど、どうだろう？　それはともかく、祝うみんなに交じり、俺も2人を祝福する。

「兄ちゃんおめでとう！　ノルトは俺もよく知っているし、いいと思う！」

「ラース……ありがとう！」

「ラース君、ありがとー」

そう言って笑うノルトのかわいさに俺は視線を逸らす。うう……俺も早く気付いていれば隣にいるのは俺だったのかもしれない……でも、兄ちゃんと取り合いになるのも嫌だから、これでよかったのだ……そう思うことで精神的安定を保つ俺であった……。

そんなこんなでたぶん俺だけ知らなかったノルトの正体を知ることになり、兄ちゃんの入学式が始まる。大きな講堂で先生の長い話が終わるのを待つ。

「ふあ……」

「こら、ラース、あくびをしない」

「はーい」

先生の話が長いのはどこの世界の学校も同じなんだなと感慨深く思う。まあ友達のいなかった俺に、学校生活が楽しかったかと言われれば答えにくい。

あくびをかみ殺していると、見事な白髪に、あごひげを伸ばした初老の男性が壇上に現れ、生徒を見渡して微笑んだあと、話し始める。

「私は学院長のリブラ＝パーソン。まずは学院へようこそ！　君たちを歓迎するよ」

威厳があるなと、俺は眠気を振り払い話に耳を傾ける。

「これから君たちはこの学院で歴史を学び、魔法を学び、数学や言語学を学ぶことになるが、進むべき道を見据えて勉学に励んでほしい。平民が勉学を極めて貴族よりよい生活をした例もある。だから生まれを卑下する必要はないし、自分の生きたい道を進むのも夢物語ではないのだ。また、この学院に在籍する生徒は貴族も平民も関係ない。身分が全てではないのだと知ってほしい想いから、この学院で権力の行使は禁じている」

へえ、そういう考えの学院なのか。学院長は身分より実力が大事だと思っている人のようだ。

「成し遂げたいことがあるなら努力を惜しまぬこと。だが無理をしてはならん。近道は遠回りだということを努々《ゆめゆめ》、忘れないようにな」

学院長がそう締めると、場がシーンと静まり返る。すると、学長は歯を見せて笑い、話を続けた。

「最後に一つ。難しいことを話したが、この学院は食堂や図書館といった設備を十分揃えてある。ぜひ、楽しい学院生活を送ってくれ、以上だ！」

学長が頭を下げると拍手が沸き起こり、俺も手を叩く。これが学院のトップ……これなら、面白い学院生活が送れそうだと、２年後が楽しみになった。お金、やっぱり稼ごう。

「いいなあー、オラも学院に通いたいなあー」

……しかし、前髪を切ったノルトはかわいい……でも、もう兄ちゃんの彼女か……世知辛《せちがら》い。

ま、仕方ないかと胸中で苦笑し、兄ちゃんの入学式は幕を閉じた。

◆◇◆◇◆

さて、ついに兄ちゃんが入学し、昼間は俺一人になる。ちなみに学院でいろいろやらかしているらしい兄ちゃんの動向は今後も注目だ。

そこで俺自身も学院に入るための行動を開始することにし、まずは父ちゃんと母ちゃんに話をせねばと声をかける。

「ねえ、父ちゃんも母ちゃんもずいぶん痩せたよね。それに服も最近変わってない」

「そ、そんなことはないぞ、ラース」

「ね、ねえ、ローエン」

「ううん。父ちゃんのおかずやパンが俺たちより少ないのを知っているし、お肉や魚も小さかったよね。父ちゃんたちがお腹を空かせて倒れるくらいなら学院に行かなくていいよ？」

俺がそう言うと、父ちゃんたちが複雑な顔をして見合わせると、父ちゃんが口を開く。

「ラース、俺はお前もデダイトと同じことをさせてやりたいんだ。あの子が学院へ行って、お前を行かせないとなればデダイトもショックを受けると思う。だから、気にしなくていいんだ」

「うーん、俺は父ちゃんも母ちゃんも好きだからなあ……。倒れられたらそっちの方がショックだよ？　だから、ご飯だけは俺たちと同じにしてほしい。服は買わなくても死なないけど、栄養はないと死んじゃうから」

「栄養って……難しいことを言うな、ラースは。お前も賢いし、学院へ行かせたい。そのためには我慢が必要なんだ。全然つらくないし、倒れたりしない」

父ちゃんが俺を抱っこして満面の笑みを見せながら本当に苦でもないって感じで言い、俺も嬉しくなる。

「うん。俺も行きたくないわけじゃないよ。だから俺も働く！　そしたら父ちゃんたちのご飯は減らさなくて済むよね？」

「ええ!?　ダメよ、そんなの。子供に働かせるなんて。ほら、ベルナのところで魔法の勉強するんでしょ？」

母ちゃんが慌てて止めようとベルナ先生を引き合いに出すが、そこは根回し済みである。

「先生にも許可をもらっているよ！　ベルナ先生も『社会勉強にいいんじゃなぁい？』って言ってくれた」

「……妙に似せてくるわね。なら確認しに行くけど、いいの？」

「いいよー」

そのままベルナ先生のところへ行く母ちゃん。だが、俺の事情を知っているベルナ先生の鶴の一声で仕事ができるようになった。

「ラース君は優秀ですから、お仕事も上手くできると思いますよぉ」

「あ、そうなの……？」

「はい♪　お子さんを町へ行かせたくなかったみたいですけど、８歳ともなればギルドで採取の依頼をやっている子もいるので頃合いかとぉ」

「確かにそうだけどブラオがちょっかいを……でもギルドなら……」

と、ぶつぶつ言っていたけど、最終的には『ギルドでの依頼』だけならいいと、許可をもらい、さらにその足で早速父ちゃんとギルドへと向かった。

◆◇◆◇◆

「すまない、少しいいかい？」

「いらっしゃ……ってローエンさんじゃないですか、久しぶりですね！　こんなむさくるしいところにどうしたんですか？」

父ちゃんがカウンターへ声をかけると、眼鏡をかけたやさしそうな青い髪の男性が父ちゃんを見て軽く会釈をする。

「はは、むさくるしいことはないだろ？　ギルドのメンバーがいるおかげで魔物の脅威を減らせているし、町の雑務も引き受けてくれるから俺たちが平和に暮らせているんだ」

「そう言ってもらえると嬉しいですね。やっぱりローエンさんがりょ――」

「ギブソン」

「あ、すみません……で、今日のご用件は？」

ギブソンと呼ばれた人が慌てて話題を変える。やっぱり町の人は父ちゃんが領主だったことを知っているのか。まあ兄ちゃんが2歳まで領主だったなら当然かと話に耳を傾ける。

「ウチの息子が仕事をしたいと言って聞かなくてなあ」

「ははは。お父さんも大変ですね」

「ラースです！　よろしくお願いします！」

ギブソンさんが俺に目を向けたので、挨拶をして頭を下げる。

「流石、礼儀正しいですね。僕はギブソン。見ての通り、ギルドの受付をやっているよ。仕事をするならまずは僕に話をする必要があるから、これからよろしくね」

「はい！」

「今日は俺も付き添いで依頼を受けようと思う。ラースはカード作成からだな」

「ローエンさんはお持ちで？」

「ああ、引っ張り出してきたよ……。金を稼ぐのに魔物を狩ろうとして怪我をしたのが懐かしいなあ……。俺には向いてなかった」

「【豊穣】のスキルじゃ鍛えていないと魔物は倒せませんからねえ……」

父ちゃんが領主を降ろされてから苦労したというエピソードだろう。父ちゃんは見た目からして戦闘系じゃないしね。

ちょっと気になる話ではあるけど、今は仕事だとギルドカードに名前を書き、カードの説明を受ける。そして初仕事である薪《まき》割り30本を15分で終えると、ギブソンさんが目を丸くして驚いていた。

「は、はは、え、8歳……？　頼もしいね。うん、あらためてよろしく頼むよ」

ギブソンさんと握手をすると、今日のところはこれで終わりだと父ちゃんに連れられ、俺は報酬の800ベリルを持ってギルドをあとにする。ほくほく顔で道を歩いていると、ふと商店が立ち並ぶ通りで俺はあることを思いつく。

「あ……ちょっとお店に寄っていいかな？」

「ん？　ああ、時間はあるし、構わないぞ。何か買うのか？」

「うん！」

そして――

「これ、私にくれるの？　……ありがとう、大切にするわね！」

「ああああ!?　ラース様からプレゼントをもらえる日が来るとは……このニーナ、一生お仕えしたいと思います！」

「大げさだよ。ニーナは彼氏を作ろう？」

「心が痛いです……」

　まあ、ニーナは母親のことがあるからわざと作らないのかもしれないけどね。がっくりするニーナに苦笑していると、兄ちゃんが声をかけてきた。

「ギルドに行ったのは羨ましいなあ……僕も父さんに言えばよかったよ。あ、このペン、すごく使いやすいよ、ありがとう！」

「800ベリルしか稼いでいないから安い物だけどね」

　そう、俺は初収入を家族へプレゼントするため使い切った。母ちゃんには赤い石がはめ込まれたブローチ。ニーナはハンカチで、兄ちゃんには学院で使うペンだ。で、父ちゃんにはというと——

「父ちゃん、泣くなよ」

「な、泣いてなんかないぞ!?　くうぅ、いい子に育ってよかったなあ……」

　そう言って作業用の手袋を握りしめて、ホロリと泣いた。

　父ちゃんは農作業をする時いつも素手だ。だから、切り傷擦り傷は当たり前でいつも痛そうだと思っていた。母ちゃんの薬があるからすぐ治るんだけど、そもそも怪我をしないようにするのが大事だと思い、手袋をプレゼントしたのだ。みんな喜んでくれてよかったと、俺の初仕事は大成功に終わった。

取りあえずギルドに通うことができるようになったおかげで、行動範囲が広くなったのは大きいと笑みが零れる。幸先がいいと、俺は目を瞑って疲れた体を休ませた——。

ラース＝アーヴィング入学！

「それじゃまた来るよ！」

「ああ、気をつけてな！」

ギルドでの仕事許可をもらった俺は、今日もひと仕事を終えて挨拶をする。ギブソンさん含め、ギルドにいた冒険者も気さくな人が多く、俺を馬鹿にする人はおらず、自分たちも子供の頃は苦労したからなと、逆に世話してくれるほどである。

最後に見送ってくれた人はギルドで知り合った女性冒険者のミズキさんという人で、初めて顔を合わせてから何かと世話を焼いてくれる。

「……たまに俺を見る目が熱っぽいのは何でだろう？」

――そんな調子でギルドの依頼、ベルナ先生の魔法訓練……慌ただしくも、充実した時間が過ぎるのは自分で思うより早く、気付けば俺は10歳になっていた。

仕事を頑張った結果、入学資金である25万ベリル近くを稼ぐことができた。だけど、それは持っておけと窘《たしな》められ、俺は父ちゃんたちが稼いだお金で無事、オブリヴィオン学院へ入学をすることができた。それと嬉しいことがもう一つあって――

「まさか〝ノーラ〟も通えるとはね」

「うんー！　オラもびっくりしたけど、孤児院の院長さんがギルドに頼んで学院に入るためのお金を貸してくれたんだー。オラは学院に行くべきだって言われて、オラちょっと恥ずかしかったけど……」

「ま、兄さんが一番嬉しいんだろうけどね」

「もちろんだよ！　学院で一緒だなんて夢みたいだ」

「えへー」

くっ……嫌味も通じないとは、流石は兄さんだ。ちなみに〝ノーラ〟はノルトの本当の名前で、ノーラのお父さんは男の子がほしかったから名前をそう言え、男の子の格好をしろと言われていたのだとか。学院に通うにあたってノーラが真実を話し、発覚した。

学院でも一緒だと笑い合う2人に、俺は苦笑しながら俺は入学式に臨む。

そして入学式当日。俺とノーラは学生服に身を包み、入学式がある講堂の入り口に立っていた。

「おめでとうございます、ラース様！」

ニーナが満面の笑みで祝いの言葉をかけてくれ、続いてベルナ先生が笑いながら口を開く。

「うふふ、今日から学院の生徒だから私からは卒業ねぇ」

「そんなことないよ。ベルナ先生はずっと俺たちの先生だって」

「嬉しいわ、ありがとう♪」

ベルナ先生はいつもの黒い服から、サファイアブルーのドレスに着替え、髪もアップにしている。ノーラといい、ベルナ先生といい、顔を隠している女の子はかわいい子が多いのだろうか？

初めて髪を上げたところを見たけど、ベルナ先生もすこぶる美人だった。

そんな話をしながらみんなに見送られ、講堂へ入ると俺とノーラは隣同士で座る。

5歳の時に出会ったリューゼやルシエールを探すが、最後尾だったため、俺には後ろ姿だけでは分からなかった。特にルシエールはもうあまり覚えてないしなあ……。

「――ということで、学院を満喫してほしい。以上だ」

兄さんの時にも聞いたお決まりの学院長挨拶が終わり、俺たちは講堂をあとにする。このあとは親と合流しクラスに行って今日は終了だ。

「一緒のクラスだといいねー」

「だなあ。兄さんも一緒だとよかったのにね」

「仕方ないよー。お兄さんなんだし」

クスクスと笑うノーラと一緒に父さんたちを探していると、ふいに後ろから声をかけられた。

「ねえ、あんた、【器用貧乏】のスキルの子？」

「ん？　君は？」

そこには水色の髪をした気の強そうな女の子が立っていた。

俺のことを知っているようだけど、俺は知らな……あ、いや、水色の髪はルシエールじゃなかったっけ！

「も、もしかしてルシエール、なの？」

「そうよ！　ずいぶん探したわ！」

やっぱり……⁉　でも子供の頃はあんなに大人しかったのに目の前にいる子は元気の塊、勝気な感じの性格をしている……と思う。

熊のぬいぐるみは持っていなくても、儚《はかな》げに笑う女の子であると思っていただけに、俺の中でガラガラと何かが崩れていく音が聞こえる。

「時の流れは残酷なんだなあ……」

「何？　なんの話？」

「い、いや、なんでもないよ？」

「本当……？　今、すっごくがっかりしたって感じの顔しなかった？」

……鋭い。

しかし、それをわざわざ言う必要はないので愛想笑いで誤魔化《ごまか》す。すると後ろからノーラが声を上げた。

「ラース君の知り合いー？　あ、かわいい子だねー」

「あんたは……？」

「オラはノーラって言うんだー！　と、友達になってくれると嬉しいなー」

「……ふうん、かわいいわね……ラースの何？」

「あー、何か勘違いしているかもしれないけど、ノーラは違うからね？　ノーラが彼女とか言ったら兄さんに怒られるよ」

「兄さん……デダイト君、か……そういえばもう婚約者がいるとか言ってたっけ……」

「え？　今――」

ルシエールが兄さんの名前を口にしたことに違和感を覚え、俺が尋ねようとした瞬間、兄さんの声が聞こえてきた。

「ラース、ノーラ、こんなところにいたのか。向こうでみんなが待っているよ？」

「あ、兄さん。ちょっとこの子に呼び止められてさ」

「知り合い？　って、ルシエラじゃないか。なんでラースと一緒なんだい？」

「ルシエラ？　ルシエールじゃなくて？」

そこへルシエラの背後で袖を引く人影が現れ、声を出す。

「お姉ちゃん、嘘をついたらダメ」

「あ！」

顔は先に声をかけてきた子に似ているけど頭一個分くらい背は低く、髪が少し短い。揺れるピンクのリボンを見て、この子が本物のルシエールなのだと確信する。

「ルシエール？」

「……うん！　あの時はありがとう」

「もう5年も前の話だけどね。結局あのあと一回も会うことがなかったから危うく忘れかけていたよ……」

「実は……私も……」

まあそうだよな、一回しか顔を合わせたことがない者同士なんてこんなものだ。実は好きだった、と言われてもおそらくピンと来ないと思う。

そんなことを考えていると、ルシエラが俺の周りをウロウロしながら顎に指を当てて観察してくる。

「うーん、顔は合格、身長も私より高いし力もありそう。この子がまたお礼を言いたいってずっと言ってたからどんなやつか興味あったけど、悪くないわね！　あらためて挨拶しておくわ。

私はルシエラ＝ブライオン。ルシエールの姉で、デダイト君と同じクラスなの。よろしく！」

「俺のことは知っているみたいだけどラースだ、よろしく。ルシエールも」

「うん！」

熊のぬいぐるみはないけど、どうやらあの性格のまま育ってくれたらしい。それにしてもルシエラか。性格は真逆。よく見れば髪もルシエールより長いし、目元がわずかに違う。

それでも、もし本物のルシエールが来なかったら、5年前の怪しい記憶だと信じていたかもしれない。初対面でこれだけのハッタリをかましてくるあたり、要注意人物のような気がする。

「おーい、2人とも何をしているんだい？　クラスに行くよ」

「あ、パパが呼んでる。行こう、ルシエール。同じクラスになるといいわね」

「お姉ちゃん、私の言いたいことを全部言うのやめて……」

「あはは、ごめんごめん！　それじゃあねデダイト君、ラース！」

そう言って2人はこの場を去っていく。あの姉は勘弁だけど、ルシエールはかわいかったなと思いながら父さんたちのところへと戻る。

「ルシエラだっけ？　兄さんと同じクラスだったんだ」

「うん。妹が入学してくるって張り切ってた。剣術は僕と互角で結構強いんだよ」

「へえ……」

俺は【超器用貧乏】のおかげで体力と剣術、それと魔力は飛躍的に高くなっているので、単純な力勝負をすると今の俺は兄さんを圧勝できる。けど、技巧派な兄さんは隙をついてくるのが上手いので、結構やりづらい。そんな兄さんと互角とはやるな……。

「2人ともかわいいねー。オラ、友達にしてもらおうー」

「ルシエールなら同い歳だしいいかもね。女の子の友達は初めてだろ？」

「うんー！　孤児院はオラがお姉さんだもん」

ぐっと拳を握り、案内役の兄さんの隣を歩くノーラに苦笑しながら歩いていくと、すぐに父さんたちと合流できた。しかし近づいていくと、やはりというか会いたくないやつに遭遇する。

「はっはっは！　長男に続いて次男も学院に入れることができたのか？　貧乏人が無理をする。ん？　ニーナ以外にもメイドを雇ったのか？　ずいぶんいい女じゃないか。こんな貧乏人のところではなく、私のところに来ないか？」

……ブラオである。

ニーナは青ざめて俯き、今度はベルナ先生へアプローチをかけているようだった。そしてその横には――

「お、久しぶりだな！　ハズレスキルのラース君？　ははははは！」

息子のリューゼがいた。相変わらずの態度に俺は嘆息し、無視を決め込む。

「行こうか、みんな」

俺は笑顔で父さんたちに声をかけてクラスへ行こうと口にする。こんなのにかまっている暇はないし、ことを荒立てるのは得策ではないから、さっさと移動するのが一番だ。

「無視するんじゃねぇよ！　ははあ、俺の【魔法剣士】のスキルにびびってんのか？　素直に言うこと聞いてりゃ子分にしてやってもいいぜ？」

「間に合ってるよ」

「何がだよ⁉　チッ、面白くねぇ……お、かわいいなお前。俺の彼女になれよ。こいつと違って俺は強くなるぜ？」

「わわ⁉」

全く興味を示さない俺に苛立ちながら、今度はノーラにちょっかいをかける。まったく、親が親なら子も子だな……俺はリューゼに言ってやろうと振り返ると――

「いでで⁉」

「ノーラは僕の彼女なんだけど、触らないでくれるかな……？」

すごい笑顔の兄さんが既に対応していた。

「わ、分かった……分かったから手を離せ、貧乏人！　なんなんだ、こいつ……父上、行こうぜ！　相手にしているとこっちも貧乏くさくなる」

「チッ、生意気なガキめ……。ローエンよ、長男は多少できるようだが、次男はリューゼと同じ歳で残念だったな。ハズレスキルではロクな成長も期待できんだろう。はっはっは！」

そう言ってブラオたちはこの場から消える。

「大丈夫、ノーラ？」

「うんー！　ちょっと肩に手をのせられただけだからー」

たったそれだけだったのに全力で手首を握り潰《つぶ》そうとした兄さん。恐ろしい。ノーラに手を出すとああなるのかと、俺は冷や汗を流す。

「ケチがついたわね。同じクラスじゃないといいけど」

「本当に……ではわたしとベルナさんは戻ります。ラース様、頑張ってください！」

「あれがブラオ……ラース君頑張ってねぇ。本気を出したらダメよぅ？　……その時が来るまで、ね」

「ありがとうニーナ。分かっているよ、ベルナ先生」

「僕はクラスに戻らないといけないからここまでだね。ノーラを頼むよ、ラース」

「あ、うん」

なんとなく背中に冷や汗を噴き出させつつ、俺はクラス割りの掲示板を見に行く。

「あ、ラース君と同じAクラスー」

「本当だ、知り合いがいるのは嬉しいな」

「うんー！　それとさっきのルシエールちゃんと、リューゼって子もだー」

「なんと……」

なんとなくそんな予感がしていたけど、リューゼは少々面倒だなと思う。

ま、突っかかってきても無視していればそのうち飽きるかと思い、俺たちはAクラスへと入っていく。

「……」

クラスに入ると視線が俺たちに集まる。広めの教室に机が10席。親が後ろに立っており、視線が集まったのは俺たちが最後だったからだ。

「ふん、貧乏人は時間も守れないのか？」

「いやあ、申し訳ないね」

父さんがブラオの嫌味に頭を下げながら後ろに立つと、親同士で軽い挨拶が交わされていた。

そこにはルシエールのお父さんもいて、父さんとブラオを交互に見ながら冷や汗をかいている。

「ラース君、ノーラちゃん、こっちだよ」

「あ、ルシエールちゃんー」

「ここ、空いてるのかい」

「うん。２人の名前があったからとっておいたよ！」

ふふん、とドヤ顔をするルシエール。口調は柔らかいけど、やはり姉妹なんだなと苦笑する。

席に着いたところで教壇に立っていた先生が、コホンと咳払《せき》いをして口を開いた。あれ？

あの人って――

「全員揃ったな。まずは自己紹介をさせてもらおう。お……私はティグレ。このクラスの担任として1年間Aクラスの勉強を教えることになる。よろしく」

と、口元をにやりと曲げる、目つきが鋭い男教師ティグレ。あ、思い出した。この人って前に兄ちゃんの担任だった人じゃないか？　家庭訪問とか言って家に来たのを見た覚えがある。

……目つきが鋭すぎて、ちょっと涙ぐんでいる子もいるが、ティグレ先生は構わず話を続ける。

「クラスはA～Eで、各クラス10人。自分のクラスでなくとも、出会ったら仲良くするように」

「ふん、領主の息子である俺が平民と友達か、まあいいだろう」

「リューゼ君、学院長が言っていたようにこの学院内では貴族も平民も関係ない。例え王族でもな。そんな態度では学院生活がつらくなるから早々に捨てておくんだ」

「な……!?」

ハッキリとリューゼに告げるティグレ先生。親である領主のブラオがいるこの場で発言する彼は信用できそうだ。しかし、もちろん面白くないブラオが抗議の声を上げた。

「学院の教師ごときがよくも私の前でそんな口を叩いたな……！　担任を変え――」

するとティグレ先生が指をパキパキと鳴らしながら、ブラオへ言う。

「先ほど息子さんに申し上げましたが、ここでは権力を行使してはいけません。親御さんであるあなたならなおさらです。これは王都の教育大臣にも認定されていますので、不満があれば国王陛下にでも進言してください」

「う……」

ティグレ先生はさっき兄さんが見せた怖い笑顔で注意をする。ああ、先生に影響されちゃったのか……。

それはともかく、ブラオが眉をぴくぴくさせながら引き下がると、ティグレ先生は次の話へ移る。

ガチで怖い顔をしているティグレ先生に、他の父兄も少し顔を引きつらせ、生徒は緊張し背筋が伸びていた。そんな空気の中、ティグレ先生はぎこちない笑顔のまま話を続ける。

「さて、今日は教科書を確認したら帰るだけだが親御さんもいることだし、自己紹介をしてもらおうか。お……私に君たちのことを教えてくれるか？」

うん、顔は怖いけどいい人なんだろうなと思う。ただ、時々『俺』って言いそうになっているところを見ると、口は悪いのかもしれない。

先生の一声で始まった自己紹介。俺、ノーラ、ルシエール、リューゼは顔見知りなのでそれを除くと、残り6人が知らない子となるのできちんと耳を傾ける。

「ヨグスです。趣味は読書でスキルは【鑑定】。よろしく」

「ふむ、読書と鑑定か、知識の面で相性がよさそうだ。よろしくな、ヨグス」

「はい」

まずはヨグスという眼鏡の男の子で、冷静・クールな感じで自己紹介も短い。……と言えば聞こえはいいけど、本を読むと自分一人の世界に入り込みそうな印象を受けた。勉強ができそうだけど、友達とは慣れ合わないって感じがする。

というかスキルも紹介するのかと首を捻る。なぜなら将来、知られていると弱点になりそうだからだ。そのあたりはどうなんだろうと思っていると、次の子へ変わる。

「よし、じゃあ次だ」

「は、はい！　わたし、クーデリカっていうの！　スキルはこ……【金剛力】、です……は、恥ずかしい……」

「頑張って、クーちゃん！」

「はは、お母さんが応援しているぞ？　クーデリカだな。女の子で【金剛力】とはなかなか珍しいな。将来なりたいものはあるのか？」

「は、はい、ギルドにいるミズキさんみたいな冒険者になりたいです！」

「なるほど、ならスキルを磨くときっと助けになるぞ！」

2人目はオレンジ色の髪を短めのツインテールにした女の子、クーデリカ。両手を胸の前でグーにして立ち上がり自己紹介をする。怪力って感じのようなスキルだけど、女の子が持つにはインパクトが強い。レガーロがスキルはランダムだって言ってたから、こういうこともあるんだと納得する。

「じゃあ次は……」

「俺だ！　俺はジャックってんだ。よろしく頼むぜ、みんな！　将来はウチの魚屋を継ぐつもりだから、みんな買いに来てくれよな！　スキルは【コラボレーション】ってんだ！」

「元気がいいな、鍛えがいがありそ……んん、魚屋で使うスキルじゃないけど、もしかしたら面白いことになるかもしれないな。野菜を売っているローエンさんのところとコラボ、とか……？」

「よろしくなー！」

3人目のジャックがそう言って座る。この町は海から遠く、仕入れは結構大変なため、基本的には川魚や湖の魚になるんだけど海がある町からどうにかして移送することで海魚が食べられるのだという。俺もギルドの帰りに見たことあるけど、海魚は高くてびっくりした。スキルは……想像がつかない。

「よろしくな、ジャック。じゃ次――」

「はいはーい！　次はぁ……ア・タ・シ♪　超かわいい、ヘレナちゃんでーす！　スキルは【ダンシングマスター】で、いつか王都に行って演劇デビュー予定でーす♪　応援よろしくぅ」

ハイテンションで椅子から立ち上がり、椅子を倒しながらの自己紹介。そして、俺たちに投げキスをする薄い褐色の肌をしたポニテ女子。それが4人目のクラスメイトであるヘレナだった。

「【ダンシングマスター】とはなかなかレアなスキルじゃないか。歌と踊りが得意なのか？」

「歌はねぇ……全然ダメなの！　でも、踊りは自信あるわ」

ウインクしながらくねくねと腰を捻るヘレナは実に楽しそうだった。顔もかわいいし、アイドルになれば売れそうだなと、前世で見たことがあるアイドル養成番組を思い出す。

「王都でチャンスを掴むのは厳しいが、ゼロじゃない。きちんと勉強をして歌も頑張っていこうな」

「はーい♪」

「やっぱり王都は学歴でしょ？　高いお金を払う価値はあるかなって思ってさ」

後ろではやはりギャルっぽい褐色の肌をした若い母親が、けらけらと笑いながら周りの親御さんに話しかけていた。入学金は結構高いけど、娘のためにそれを用意するのは苦ではなかったといった感じだ。

そこで5人目が手を上げて口を開く。

「もう、私の番でいいでしょうか？」

「ああ、ヘレナもういいか？」

ヘレナは笑顔で頷いて着席すると、黒髪ロングの子が立ち上がり、凛とした表情で背筋を伸ばして言う。

「私はマキナ。スキルは【カイザーナックル】よ。私にちょっかいをかけたら……」

マキナは拳を握って数発のジャブで空を切り裂き、綺麗《きれい》な軌跡が描かれた。

「叩き潰すわよ」

「す、すごいねー、あの子。オラ、手の動きが見えなかったよー……」

ノーラの言う通り、にやりと笑うマキナの手の動きは速く、実はグーチョキパーをしていたことはたぶん俺にしか見えていないと思う。

「将来は王都で騎士希望です。よろしくね」

「は、はいー！」

「んー！」

マキナはノーラとルシエールに笑いかけ、２人は慌てふためいていた。ルシエールはよほど驚いたのか謎の返事なのがかわいかった。

「女騎士は最近多くなってきたし、【カイザーナックル】を鍛え上げればいけると思うぞ。楽しみだな！」

「はい！」

元気に返事をして着席すると、ティグレ先生が6人目を指名する。そういえば、ずっと下を向いて俯いている男の子がいるなと気付く。

「えーっと、ウルカ君だったか？　自己紹介を」

「あ、は、はい……」

「頑張れ、息子よ……！」

「と、父さん、恥ずかしいからやめてよ……ぼ、僕、ウルカです。【霊術】のスキル、です……」

また怪しいスキルが出てきたなあ……でも正直興味がある。霊と会話するとか、アンデッドを操るとかだったら面白そうだ。そこで、リューゼが頭を後ろに組んでから口を開いた。

「幽霊が見えるとかそういうスキルだろ？　気持ち悪くねぇのか？」

「こら、リューゼ君、そういう言い方はダメだ！」

「はーい」

ティグレ先生の怒りにも悪びれた様子もなく返事をするリューゼ。先生が怖くないのかと思って様子を窺うと、冷や汗をかきながら目を逸らしていたので虚勢のようだ。

「ぐぬぬ……俺の息子は気持ち悪くなんてない……！　時代はスキルじゃない！　賢さだー！」

「平民の子などこんなもんだろう？　落ちこぼれは大変だな」

「平民は関係ないだろう！　それに落ちこぼれでもないわ！」

「領主に逆らうのか貴様……！」

「やめないか、ふたりとも」

ウルカの親父さんは熱血タイプのようで、あまりの言い草に激怒し、ブラオに食ってかかっていた。騒ぐ外野を父さんたちが止めようとしたところで――

バン！　と、先生の机が大きく響き、指を鳴らしながら引きつった笑顔で言う。

「ブラオさん、権力の行使は……」

「あ、ああ、分かっている！　その指をパキパキさせるのはやめろ！」

机にひびが入っているのも見逃してはいけないけどね……そんな感じでウルカは顔を真っ赤にして椅子に座り、うやむやとなった。残りは顔見知りとなり――

「ノーラですー。【動物愛護】のスキルを持ってるよー！　よろしくねー」

「かわいいわよ、ノーラ！」

母さんがノーラの自己紹介で歓喜の声を上げた。続いてリューゼの番になる。

「リューゼ＝グートだ！　スキルは【魔法剣士】のレアスキル！　みんな俺の子分にしてやってもいいぞ？　次期領主はこの俺だからな！　……ぐあ!?」

「まだ分かっていないようだから拳骨だな」

リューゼがついに拳骨を食らい、そのままルシエールの番に移行した。

「あ、えっと、ルシエール＝ブライオンです。実家は商家をやっていてスキルは【ジュエルマスター】っていう鉱石を見つけたり加工したりするスキルです」

昔よりはっきりとした口調でにっこりと笑うルシエールには、姉が名乗った通り苗字があった。貴族かと思ったけど、商家も儲けがあれば貴族並みの待遇があるらしいので、ルシエールの家は儲かっているようだ。

しかしそれよりも、鉱物資源をどうにかするスキルとは渋い。見た目の可憐さから想像できず、なぜか建設現場服を着たルシエールを想像し苦笑する。

「……おい、何笑ってんだ？　お前の番だぞ、貧乏人」

「……」

「チッ……」

リューゼの嫌味に反応してやる必要はないと、無視して俺は席を立ち、自己紹介を始める。

「俺はラース＝アーヴィング。スキルはハズレだって言われた【器用貧乏】」

そこでみんなからどよめきが起こるが、俺は気にせず続ける。

「でもスキルとは関係なく仲良くしてほしい。もしかしたらハズレスキルのせいでみんなの手を借りることもあるかもしれないけど、その時は協力してくれると嬉しいかも。よろしく頼むよ」

「ああ、長い人生、一人で生きることはできない。必ず誰かを頼ることになるものだ。今からそれを考えられているのは偉いぞ。鍛えがいが……こほん。さ、これで全員終わったな。今後はこの10人で切磋琢磨していくから頑張ろう！」

ティグレ先生がそう締めて自己紹介が終わり、俺は椅子に背をあずける。

さて、癖のありそうなクラスメイトだけど、どうなることやら……

初日はこんな調子で終了し、俺は期待に胸を膨らませながら笑みを浮かべるのだった。

◆◇◆◇◆

「――だから二十三代目の国王はまず食料地を拡大することに決めたわけだ」

入学２日目。

午前中は体力測定と魔法訓練の授業があったんだけど……まあ、いろいろあった。

運動が得意なマキナが転んで鼻血を出したり、魔法訓練でノーラが手加減せずに魔法をぶっぱなし、【魔法剣士】のリューゼがしょぼい〈ファイア〉しか出せなかったなどだ。まあ、他の子もどんぐりの背比べだったけどね。

魔法に関しては各家庭で教わる機会がないのでそんなものだけど、リューゼは領主の息子なんだから家庭教師くらい雇っていそうだったのにひどかったな……。

そんなことを考えていると、午前の授業が終わる鐘が鳴り響く。

「来た……！」

「腹が減ったぁぁぁ！」

「こら、ジャックにリューゼ、まだ号令を言っていないぞ。マキナ、頼む」

「はい！　きりーつ！　礼！　ダッシュ！」

「きたねぇぞマキナ⁉」

黒髪美少女のマキナが挨拶と同時にクラスから消える。礼と言っておきながら自分はせず、足はドアに向いていた。魔法訓練の時、全く使えず顔を赤くしていたいじらしさはなんだったのか？　あの子、見た目と行動のギャップがすごいから見ていて飽きない。

というわけでお昼になり、マキナ、リューゼ、ジャックが駆け出したのはよくある『購買のパン』争奪戦に参加するためだ。

魚屋のジャックはともかくリューゼも購買のパンとは……普通、弁当を持たせないか？

他人はさておき、お金に余裕がないウチにはパンや食堂は厳しい。俺は貯めたお金があるけど、あれは極力使わない予定である。領主に戻るには結構な金額が必要らしく、いつか父さんが返り咲くその時の資金として残したいとなると余分にお金は使えないため、当然お昼は弁当になる。それに――

「ノーラ、一緒に食べよう！」

「あ、デダイト君、いいよー」

「こんにちは、ラース君のお兄さんですね」

「うん。ルシエラの妹だよね？」

そう、兄さんが俺のクラスにお昼をしに来ることになっているのだ。今までは友人と食べていたようだけど、恋人がいるならこっちを選ぶのだと豪語していた。

「ノーラのお弁当は？」

「オラはこれー！」

「かわいいお弁当箱！　中はお野菜が多いね」

「デダイト君のお父さんが分けてくれるんだー。お肉は高いって院長先生が言ってたの。領主様が変わってから寄付金が減ったんだって」

「そうなんだ……」

なるほど、こういうところにも影響が出ているんだな。まあ、追々考えることなので、俺は会話を楽しむことにしようと考える。

「体力測定はどうだった？」

「2人と遊んでいたから大丈夫だよー」

兄さんとノーラがラブラブ空間を作り始めたので、俺はここぞとばかりにルシエールに話しかける。こういう時は積極的にいかないと、この先ずっと一人という可能性も捨てきれない。

まあ、クーデリカとヘレナは一緒に庭へ行き、マキナは争奪戦に行ったので実質ルシエールしか話す女の子がいないというのは内緒だ。それにまだ2日目だし、知り合いと話す方が気は楽、というのもある。そこでルシエールと話題を作るため弁当に目を向けた。

「そのサンドイッチ、ジャムのやつが美味しそう」

「食べてみる？　ラース君のトマトと交換してほしいな」

「トマトでいいのかい？　好きなの？」

「うん。熟したのが好きなの」

珍しいなと苦笑しながら俺が蓋の上にトマトを二切れ置くと、ルシエールが微笑みながら俺にジャムサンドを渡してくる。

「はい、どうぞ！」

「ありがと――」

「あ!?」

しかし、ジャムサンドは俺の手元に来ることはなかった。なぜなら、俺が手に取ろうとした瞬間、掠め取られたからである。

「だ、誰だ！　俺のサンドイッチ！」

「むぐむぐ……やっぱり野イチゴのジャムは美味しいわね」

満面の笑みでジャムサンドを口にしていたのは、ルシエールの姉であるルシエラだった。

「それは俺のだぞ、なんてことするんだ」

「え？　そうだったの？　目の前に差し出されたから私のものかと思っちゃった」

「明らかにルシエールは俺に渡そうとしていただろう!?」

「お、お姉ちゃんダメだよ、お行儀が悪いんだから……。ラース君、こっちのあげるね」

「ああ、天使がいた……」

俺は今度こそジャムサンドを手に取り、口へ入れる。うん、甘すぎないジャムがパンとよく合っていて、紅茶がほしくなる感じだ。

「美味しいよ、ありがとうルシエール」

「どういたしまして！」

そういってトマトと卵サンドを食べ始める。小さい口をもぐもぐさせる様子がかわいい。俺も弁当を片付けるかと弁当に目を移すと――

「あれ⁉」

今度は俺の弁当箱が消えていた。

「デダイト君のお弁当と同じか……相変わらず卵焼きが美味しい……」

「何やってんだよ⁉　人の弁当を勝手に食うなって！」

「あ、ごめん。デダイト君が持ってくるお弁当と同じか確かめたかったの」

「一緒に決まってるじゃないか！　あーあ、米粒一つ残ってない……」

一瞬で驚くほど綺麗に平らげられ、怒るどころか呆れてしまった。まあ、ニーナの料理は美味しいから仕方ないかと早々に諦める。

「まあいいや。美味しかったってニーナに言っておくよ。サンドイッチは食べたし、大丈夫だと思う」

「ラース君食べるー？」

「僕のソーセージを一つあげるよ」

「ああ、いいよ。俺は大丈夫だから」

「ご、ごめんね……ウチのお姉ちゃんが……」

ルシエールが申し訳なさそうに言うと、バツの悪い顔をしたルシエラが俺にきんちゃく袋を差し出してくる。

「ん」

「なんだい？」

「私のお昼よ。あんたにあげる」

「いや、いいよ？　別に気にしてないし」

俺がやんわり断ると、とんでもないことを言い出した。

「だってなんか悪者みたいじゃない私！」

「どう考えても悪者だよ!?　逆切れするな！」

「ぶー。だからあげるわ」

どうにも引き下がりそうにないので、俺はしぶしぶ受け取りきんちゃく袋を開ける。

「……巨大おにぎり2個……」

「いいでしょ！　お腹いっぱいになるわよ！」

「一応聞くけど、どうしてこのチョイスなの？」

「よくぞ聞いてくれたわ！　おにぎりだと教科書に隠れて食べることができるからよ！　最近警戒されて食べにくくなってきたけど」

「早弁か!?」

「うう……恥ずかしい……」

似た顔をしているのに、サンドイッチをゆっくり食べる妹とは雲泥の差だった。やはり性格は大事なんだなと俺はルシエールを見て思うのだった——。


「ふう……食った……まさか初昼食からこんなことになるとは……」

ようやくおにぎりを食べ終えた頃には既に兄さんとルシエラはクラスに戻り、嵐のようなお昼が終わった。ルシエールが謝ってくれるが、肝心の姉からの謝罪はなく、俺の中でめでたく危険人物認定が降りた。

「ふふん♪」

「あと一歩だったのに！」

「ぐぬぬ、明日だ……！」

関係ないけど争奪戦はマキナの一人勝ちで、机で悠々と甘そうなパンを食べていた。黙っていると美人なのに惜しい子である。

というわけで今日のイベントはお昼までがピークで、このあとは特に何ごともなく授業が終了。

途中ノーラがうとうとし、ルシエールが慌てて起こすのが微笑ましかった。

そして放課後――

「では、僕はこれで」

「僕も家の手伝いしなきゃ……」

「あたしもー。早く王都に行きたいわぁ」

「俺は購買でちょっと買い食いして帰るわ」

ヨグスやウルカ、ヘレナは早々に帰宅し、ジャックは購買へと向かう。

「部活動に興味があったから部活棟を回ってみるわ。聖騎士部というのがあるらしいの。良さそうだったらそこに入って鍛えるつもり！」

と、マキナも意気揚々とクラスを出ていった。

「部活か、考えてなかった。ルシエールもやるの？」

「ううん。私は家に帰ってお勉強かな？　スキルがあまりお家の役に立たないから、計算を覚えようかなって思っているの」

「おうちが商家だもんねー。ラース君、ルシエールちゃんと結婚したらお金持ちになれるかもー？」

「も、もう、ノーラちゃん！」

どのくらいの規模の商人なのか分からないけど、ルシエールと結婚は興味がある。顔を赤くするルシエールを見て、ノーラがいいパスを出してくれたと思った。

「まあ、ウチはお金がないから釣り合わないかもだけど」

「そんなこと――」

「ははは！　よく分かっているじゃないか貧乏人！」

と、お金の話をしたところで現れたのはもちろんリューゼだ。だが俺は無視してノーラに話しかける。

「ノーラは兄さんを待つんだろ？」

「うんー。ルシエールちゃんは？」

「お姉ちゃんと帰ろうかと思ってるの。そろそろ来るはずだけど……」

「そっか。なら、俺は一足先に帰るよ……って言ってもギルドに行くんだけどね」

「ギルドへ？　何かするの？」

「おい、貧乏人こっちを向きやがれ！」

それを横で聞いていたリューゼが俺の肩を掴んで激昂《げっこう》する。それでも俺は無言で肩の手を払いのけて、ルシエールの言葉を返す。

「うん。俺、少し前からギルドで依頼を受けているんだ。お金を貯めないといけなくてね」

「そ、そうなんだ」

ルシエールが俺とリューゼを交互に見ながら返事をする。チラリと見ると、リューゼが顔を真っ赤にしていた。

「……てめぇ、マジでいい加減にしろよ！　なんで俺を無視するんだ！」

「……いい加減にするのはお前だ、リューゼ」

「へへ……やっとこっちを……」

ため息を吐いてリューゼに目を向けると、少し下がりながら口を開こうとする。だが、俺はそのまま続ける。

「悪いけど、俺はお前に対して『ルール』を決めている。その『ルール』を破るお前と話すつもりはない」

「な、なんだと!?　お前、貴族の俺に向かって舐めた口を……！　なんだ、『ルール』ってのは！」

「教える必要はないな。そもそも俺はお前と仲良くするつもりはないから気にするな。俺に話しかけてこなかったら気分を悪くすることもない。俺のこと、嫌いなんだろう？」

「……なんで俺と仲良くする気はないとか言うんだ？　言えよ！」

なぜか食い下がるリューゼに、俺はもう一度ため息を吐いてから一言だけ最後に言ってやる。

「……お前が自慢する領主の父親にでも聞いてみればいいさ」

「な、なんで父上が出てくるんだ!?」

ここにいない、意外な人物の名前が出てリューゼが動揺していると、兄さんとルシエラがクラスに来た。

「ラース、ノーラ、待たせたね」

「帰るわよ、ルシエール！　家の手伝いしないとね」

俺はすぐにリューゼから目を背け、２人に声をかける。

「待ってたよ、途中までだけど、行こうか」

「えっと、彼はいいのかい？」

「え？　ああ、友達でもなんでもないし、別にいいよ」

「ラース君……」

ルシエールが困ったような顔で呟く。あまりの言い草のせいだと思うけど、こればかりはルシエールに嫌われたとしても曲げるわけにはいかない。

「あいつが俺を友達だと思ってないいんだ。だからいいじゃないか」

「貧乏人が調子に乗って……！」

「お前がその調子ならいつまで経とうが俺はお前と話す気はない。行こう、みんな」

「なになに？　喧嘩？　私も混ぜてよ！」

「お姉ちゃんはダメ！」

俺たちはリューゼを置いてその場を去る。追いかけてこようとしたリューゼは、廊下に出たところでティグレ先生に捕まっていた。

俺があいつに課した『ルール』。

それはあいつが、〝貧乏人〟といった人を貶《おとし》める発言をした場合に無視を決め込むというもの。

今日一日、リューゼの発言を聞いていたが傲慢な発言が多い。特に俺に対して。

おそらく、父さんの息子ということでブラオが何かしら吹き込んでいるのだろう。正直、リューゼは父親の身代わりをさせられているようなものだと思う。

威勢はいいけど、それは虚勢。ブラオが父さんを恐れているという裏返しなのだと、入学式で突っかかってきた時に分かった。

……あまり思い出したくないけど、ああいう手合いには2種類あって、前世の弟のように完璧に近い人間が人を見下すパターンと、自分が弱い人間だと分かっていてさらに弱いものを貶めて自分を守ろうとするパターンだ。

ブラオは後者だけど、リューゼがそうなるかどうかはこれからの生き方次第だろう。

そしてリューゼと友達にならない理由は、もう一つある。

いつか必ずブラオを地獄に落とすのであれば、あいつにも必然的に痛い目を見てもらうことになる。ならば発言を諭し、仲良くなってから裏切られたと思われるより、最初から恨まれていた方が……俺の気が軽い。

リューゼの件はまた考えるとして、俺たちは学院をあとにする。

途中、兄さんがノーラを送っていくと別れて３人になり、俺が今からギルドに行くと言ったらルシエラが付いていくと言い出し、ルシエールがそれを窘める。

そんな話をしながら２人と歩き、しばらくして、商店街のある通りに来たところでルシエールが言う。

「私たちはこっちなの」

「……ねえ、今度本当にギルドに連れてってよ。興味があるんだけどパパがうるさくてさ」

別れ際、ルシエラがまたギルドに連れていけと言い出す。先ほどと違い少し神妙な顔つきだったのが気になるが、俺は昼間の悪行を忘れたわけではないのでそっけなく返す。

「そうなのか？」

「そうよ、私ばっかり！　んじゃ、またね♪」

そう言って歩いていく後ろ姿を見送る俺に、ルシエールが耳打ちをしてくる。

「お姉ちゃんね、いつもお父さんに『お姉ちゃんなんだからしっかりしろ』とか『お姉ちゃんなんだからこれくらいしなさい』って言われているの。だからお店の手伝いも嫌々だし、よく喧嘩をしているんだよね」

「……そっか。そういうことなら気持ちは分かるな……」

「え？」

しかし、前世での両親の期待は弟にいっていたから、聞こえてくるのは『兄なのにダメなやつだ』とか『兄なのに出来が悪い』といったものだったけどね。どちらにせよ、俺が親なら絶対に言いたくない言葉だ。

今の両親は必ずどこかを褒めてくれる。できないことがあるのは当然だし、それを補うのが兄弟だとも。

しかし、あの気弱そうな親父さんがそんなことを言うとは……。人間、やっぱり見かけだけじゃ分からないもんだな……。

ルシエラも複雑な心境なのかもと思いながら、俺はギルドへと入っていく。

「こんにちは！」

「ラース君、いらっしゃい。学院の制服、似合ってるじゃないか」

「ほう……」

「顔を赤くして見るなってミズキ……」

中へ入ると早速ギブソンさんとミズキさんが出迎えてくれる。そういえば入学式の日はそのまま家に帰ったからお披露目は初めてだ。するとギブソンさんが思い出したといった感じで俺に言う。

「あ、そうだ。ギルドマスターがラース君に会いたいみたいなんだけど、今日は時間あるかな？ずっと会いたいって言ってたんだけど、出張続きでラース君とすれ違っていてね。ついに1年経っちゃったんだよ」

ギルドマスター!? なんでそんな偉い人が俺に？ というか結構出入りしていたのに1年もすれ違っていたのなら、それはそれでなんか不憫だ。

「いいですよ」

「ありがとう。じゃ、奥の部屋に案内するよ」

そう言って受付から出てきたギブソンさんに連れられ、俺はまだ見ぬギルドの奥へと進んでいった。

「ラース君を連れてきました」

「おお！ 入ってくれ！」

ギブソンさんが声をかけたドアの向こうから太い声が返ってきて、俺は緊張する。ギルドマスターってここで一番偉い人だよね？　ここにいる冒険者たちは気のいい人が多いけど、荒くれ者を取り締まる屈強そうなイメージだ。

ドアが開かれると、そこには灰色の髪をした細身マッチョの体形をした長身の男性が立っていて、目が合うと真っすぐ歩いてきて俺を高く掲げた。

「ええ、急に何⁉」

「ははは！　君がラース君か！　なるほど、顔立ちは父親にそっくりだ。俺はハウゼン、この町のギルドマスターだ」

「あ、ラース＝アーヴィングです。じゃなくて、降ろしてください……」

「おお、そうだな」

俺が困った顔でそう言うと、ソファの上に降ろされた。ギブソンさんが俺の隣に座り、ハウゼンさんが正面に座ると、話が始まる。

「君を呼んだのは他でもない。ローエンさんの息子がギルドで依頼を受けているということを1年ほど前に聞いてね。一度会ってみたいと思っていたんだ。ミズキとスライム退治もしたそうだな」

……間違えてレビテーションで飛んだ時の話か……あれは危なかった。ミズキさんが勘違いしてくれて助かったけど……。あまり触れたくない話だと俺は話を変えるため口を開く。

「とうさ……父を知っているんですか？」

そこでハウゼンさんは一瞬考えこんだあと、口を開く。

「……今はあの丘の上に住んでいる、そうだな？」

「ええ」

「ラース君に教えているかどうか分からないし、言っていいものか分からないけど、ローエンさんは昔、この地方の領主だった。彼が領主だった頃、世話になった人も大勢いる。俺もその一人さ」

おっと……まさか父さんの過去を語ってくれる人が出てくるとは思わなかった。それもギルドマスターとは驚くばかり。両親に過去のことを聞く免罪符ができたと思い、俺はもっと情報を引き出せないかと会話を続ける。

「そうだったんですか……？　でも今はブラオ……さんが、領主ですよね？　どうしてなんでしょうか」

「君にはお兄さんがいるね？　お兄さんが2歳の時、病を患って大金が必要になったんだ。税金以外に領主として必要な財産を全て使い果たしてしまったのさ」

「……でもそのおかげで兄さんが助かりましたし、よかったと思ってます」

本当はその大金を積んでも助からなかったわけだけどね。

それから俺はブラオが領主になれた理由を聞くと、領主は選挙で決めると言われた。1000万ベリルという資産、それと領民の投票で決まるわけだけど、ブラオの時は誰も挙手をしなかったそうだ。領主になろうと思えば更新時期を狙う必要がある。

……だが、兄さんを殺そうとしたという告発で失脚させたい俺としては、その案は却下したいところ。

しかし、1000万ベリルあれば領主になれるという指針ができたし、当時のことを父さんたちに問いただすこともできるようになった。これでようやく兄さんに隠しごとをしなくて済むと胸を撫で下ろす。するとハッとしてハウゼンさんが声をあげた。

「すまない！　こんな話を聞いても面白くないよな!?　君の父さんが立派だったって話をしたかったんだ！　それにギルドの雑用を引き受けてくれているともギブソンから聞いた。本当にありがとう」

「そんな、依頼があればやるのはお仕事ですから。お金もちゃんともらっていますしね！」

「はは、しっかりしているのはマリアンヌさんに似ているんだな！」

そう言って笑い、そのあと少しだけ話してから俺はギルドをあとにし、その夜、俺は早速そのことを夕食時口にした。

「ねえ父さん。ギルドマスターから聞いたんだけど、父さんって昔領主だったんだ？」

「ブー!?」

「ちょっと汚いわよ、あなた!?」

「ラース、それ本当!?」

兄さんが目を丸くして驚いていたので俺が頷くと、父さんがお茶を飲んでから珍しく不機嫌そうに口を開く。

「……ハウゼンのやつ、俺の許可なしに息子に勝手なことを……」

「まあ、嘘じゃないからいいじゃない。ハウゼン、あなたのことすごく尊敬しているって言ってたしね」

「それはそうだけど……」

母さんが懐かしいわねと微笑むと、兄さんが少し興奮気味に言う。

「そうだったんだね！　僕、お金があまりないのになんでニーナがいるのか不思議だったんだ。でも、これですっきりした」

「やっぱり兄さんもおかしいと思ってたんだ？」

俺が言うと苦笑しながら頷く兄さん。だけど、そこで父さんが真顔で俺たちに言ってくる。

「昔はそうだったとしても、今は違う。だから間違っても『昔は貴族』だとか言って偉そうにするんじゃないぞ？　それに俺は今の自由な暮らしも気に入っている」

「もう領主になるつもりはないの？」

「……そう、だな。もう難しいのはこりごりさ、ははは！　さ、食べてしまおう」

そう言って夕食が続く。だが、一瞬考え込んだ父さんを見逃さない。思うところはあるようだ。

しかし、5年でこの程度の情報しかないことに歯がゆい思いをする俺。だけど一つずつ紐解いていくことがきっと最善なのだろう。さて、次に必要なものは──

「兄さんを殺しかけた証拠、か」

もうないだろうとしても、諦められない俺だった。

◆◇◆◇◆

ラースがギルドマスターから話を聞いているちょうどその頃。

「──ですから、リューゼ君の教育はどうされているのかと聞いているのですが？」

「領主の息子だぞ？　相応の教育はしておるわ！　ふん、それより入学式では恥をかかせてくれたな？」

「お構いなく。貧乏人、といった言動もあなたが教えているのでしょうか？」

「私が構うのだ!!　……そうだ。貧乏人を貧乏人と呼んで何が悪い？　そういう生活をしている方が悪いのだろうが」

悪びれた様子もなくブラオはティグレに声を荒げて反論する。だが、ティグレは怯みもせずブラオに返す。

「わた……俺は他人を卑下することがよくないと言っているだけです。リューゼ君は今日、何度もラース君に『貧乏人』と罵っていました。言われた本人はどう思うだろうか？　俺も止めたがリューゼ君は聞かなかった。ラース君は我慢強い子だから無視することを選んだようだが――」

「……!?」

そこでずっと黙って俯いていたリューゼがびくっとなる。無視をすると宣言したラース。それには『ルール』があると言っていたことを、思い出していた。

「もしかして貧乏人って言われるのが嫌だから？　でも、父上は貧乏人には口で分からせてやれって……」

「とにかく、ウチのやり方に口を出さんでくれ。こいつは私の言うことだけを聞いていればいいのだ！　なあリューゼ！」

「あ、はい……」

なんとなくラースの言っていた意味が分かったが、父親の言うことは絶対だと教えられてきたリューゼは頷くしかない。

だが——

「ふう……分かってもらえねぇようだな。穏便にいきたかったが仕方ねぇ。おいリューゼ」

「え……俺!?」

急に話の矛先が自分に向けられ、驚くリューゼ。そんな彼に、ティグレは告げる。

「魔法の訓練をやったのを覚えているか？」

「あ、ああ……」

「あの成績な、お前は下から2番目なんだよ」

「え……」

自分では渾身の力を出して放った〈ファイア〉。しかし担任から告げられた言葉は「下から2番目」という散々なものだった。

「お前の下はマキナだけ。マキナは魔法に関して要領が悪いから仕方がねぇ。実質、使えるクラスメイトじゃ一番下ってわけだな。こういうのをなんていうか知っているか？　落ちこぼれって言うんだ」

「な!?　き、貴様！　人の息子を掴まえて落ちこぼれとは無礼な！」

「黙ってろ！」

ティグレは口を挟もうとしたブラオに激昂し、パキパキと指を鳴らす。

「そ、それをやめんか……！　ここは学院ではない、衛兵を呼ぶぞ！」

「衛兵が怖くて教師がやれるか！　……いいか、お前は落ちこぼれなんだ、リューゼ」

「そ、そんなはずは！　俺は【魔法剣士】のスキルなんだぞ！　魔法だって一流のはずだ！」

「そりゃあきちんと訓練をすればな。今のお前はなんの努力もせず、粋がっているだけで自分の実力が上だと勘違いしているだけ。落ちこぼれはそういうやつが多い」

「お、落ちこぼれって言うな！　俺は落ちこぼれなんかじゃない！」

その言葉を聞いて、ティグレがスッと目を細める。そうするとかなり目つきが悪くなるため、リューゼとブラオが命の危機を感じる。そしてティグレはポツリと呟く。

「……悔しいか、リューゼ？」

「当たり前だろ！　勝手に落ちこぼれだって決めつけやがって！」

「ラースもそう思っていただろうぜ。勝手に貧乏人と決めつけるなってな」

「あ……!?」

そう言われてハッと気付くリューゼ。彼が振り上げた拳を降ろすのを見て、ティグレはそのまま話を続ける。

「気付いたか？　ならお前はまだ大丈夫かもしれないな。お前のスキルはレアスキル。それは俺だって知っている。だけど、こう言わないと気付かないと思ったから悪いが少しひどいことを言わせてもらった」

「……」

「し、しかし、ローエンは現にびんぼ――」

「やかましい！　俺はリューゼと話してるんだ！　ちょっと黙ってろ！」

「お、おお……!?」

目を白黒させてブラオはソファから転げ落ちると、ティグレはリューゼの目を見て言う。

「お前たちは貧乏人というが、兄貴もラースも学院に入学しているんだ。この学院はお金がかかるのに、だ。入学できない子もいるのに2人とも学院にいるのはすごいと思わないか？　それにラースはギルドで依頼を受けて自分でお金を稼いでいる。それを自分の入学金に当てようとしたこともあるそうだぞ。25万ベリルを自分で貯めたんだ。どう思う？」

「す、すげぇ……あいつギルドで働いているんだ……」

ティグレは頷き、リューゼの頭をポンと撫でてから微笑んだ。

「そうだ。お前はラースのことを知らないのに貧乏人と呼んだ。だから怒ったんだ。いいかリューゼ、確かに親の言うことを聞く必要はある。だけど、大事なのは自分がどう思うかなんだ。

人から聞いたことよりも、自分で見たことや考えたことで判断する方がいい。それで分からないなら人に聞くのもいい。親父だけじゃなく、たくさんの人の話を聞くんだ」

「自分で……」

「う、うるさい！　もう出ていけ！　ウチの息子にくだらないことを吹き込むのではない！」

「チッ、うるせえ親父だな……まあいい、俺が言いたいことは済んだ。領主さんよ、あんたもくだらないプライドは捨てた方がいいと思うぜ？」

「余計なお世話だ、消えろ！」

応接室をあとにするティグレの背中を呆然と見ていたリューゼは、胸中で呟く。

「自分で考える……」

「まったく学院長へ抗議せねばならんか……！　リューゼよ、あんな男の言うことなど聞くな！クラスも変えてもらうか――」

「どう思うか……か」

父親のブラオに言われたことしかしていなかったリューゼは不機嫌になる父親を見たあと、入学式以降に出会った人々を思い出しながら考える。

屋敷の中という狭い世界しか知らなかったリューゼ。ティグレの言葉を受け、これから彼の目に映る景色はどう見えるのだろうか――。

剥き出しの敵意を

「お、おはようラース君ー！」

「ノーラちゃんとルシエールちゃんも♪」

「おはよう。元気だな、2人とも」

「朝から両手に花のラース君には言われたくないわねえ♪」

「兄さんに怒られるからやめてくれよ」

と、クラスに入ってすぐにヘレナとクーデリカと挨拶を交わす。まだ3日目なので様子見している感がお互いにある。仲良くなるためにはもっと話さなければと思う。

自席についてクラスの様子を見ていると、他の子も登校してきた。

「おはよう、ヨグス君、それにリューゼ君も」

「おはよう、マキナさん。……体操着で来たのかい？」

「ランニングにちょうどいいの」

と、脳筋少女が顔を赤くしてそう言ったあと、リューゼがそっぽを向いたままマキナに返事を返した。

「おう……お、おはよう……きょ、今日は負けねえからな」

「ふふ、聖騎士部に入部した私に勝てるかしら？」

「マジで入ったのか？　おはようさん、リューゼ、マキナ」

「ああ、ジャックか、おはよう」

リューゼが挨拶を返した……？　あいつ、昨日は挨拶もしないでふんぞり返ってなかったっけ？　そう思い俺は驚いた。すると、ウルカが恐る恐るリューゼに声をかけた。

「リュ、リューゼ君、昨日先生に呼ばれてなかった？　なんだったの？」

「……別になんでもねえ。ウチに来たいって言うから連れてった」

「へえ、なんだったんだ？」

「たいしたことじゃねぇよ」

先ほどからみんなと話しながら俺の方をチラチラと見ているのは気付いていたので、目を合わせてみると、リューゼはサッと目を逸らす。

ふむ、友達にならない宣言が効いたかな？　これで関わってこなければ平和だなと、俺は胸を撫で下ろしながら剣術の授業のためグラウンドへ向かう。

「よーし、始めるか！」

嬉しそうに凶悪な目を俺たちに向けるティグレ先生。今日は何をするのかと思っていると、先生が口を開く。

「2人1組で戦ってもらう」

どうやら模擬戦をするようだ。すかさずマキナが木剣を持って手を上げる。

「これだと危なくないですか？」

「確かにそうねえ。アタシの肌に傷がついたら困るわ、アンタいいこと言うじゃない♪」

「その心配なんだ……」

木剣でまじめに打ち合うのは確かに危ない。脳筋かと思っていたけど、マキナはこういうところに気付く委員長タイプだったか。そう心の中にメモをしていると、そこでティグレ先生が足元にあった木箱の蓋を開けて、2本の棒を取り出す。

「棒？」

「剣に見立てた道具だな。長さはその木剣と同じで、刃の部分はスライムを加工して作った柔らかい素材だから安心して打ち込んでいい」

「へえ……」

ウルカに青い棒が手渡され、リューゼが赤い棒を手に取る。2人が剣を触るとふにゃっと曲がり笑みを浮かべる。

「おおお……柔らかい」

「あはは、これいいねー」

「私は青がいいかな。ノーラちゃんは？」

「オラは赤にするよー」

女の子たちにも手渡され、不思議な感触に笑い合う。俺も青い棒をもらい触ってみると、

「おお……確かにふにゃふにゃだ……あれ？　でもこれ――」

俺がとあることに気付いたその時、ジャックがリューゼの肩へスイングする。

「手がすべったぁぁ！」

「ぎゃあああああ⁉　き、気持ち悪いぃぃぃぃ⁉」

「え？　マジ……？」

柔らかいからとあえて受けたリューゼが絶叫を上げる。すると先生が苦笑しながら説明する。

「話を聞かないからそうなるんだ。個人で勝手なことしたらパーティは全滅するぞ？　まあそれは追々語るとして……この棒はさっきも言った通りスライムでできている。攻撃を当てると、リューゼの肩のように色がつくようになっているんだ」

あ、本当だ。これ面白いな、兄さんやノーラと遊ぶ時にほしいかも。

「で、ここからが本題だが、これで叩かれるということはスライムを浴びるのと同じ。リューゼはもう体感したけど、これが結構気持ち悪い。服の上からでもぬるっとした感触があるからな」

「なるほど！　では当たらないよう、当てていくようにするんですね！」

「なぜ目を輝かせているのかは分からんが、マキナの言う通りだ。それじゃ、２人１組になって――」

男女５人ずつなので１組は男女ペアになる。ノーラかルシエールならいいかなと呑気に考えていた俺だったが、相手を目の前にして落胆する。

「……」

俺の相手はリューゼだったからだ。

「各自、５分間戦ってもらう！　どこのペアから行ってもいいぞ！」

「それじゃアタシからやるわねえ。ウルカ君いきましょ♪」

「うん！」

ヘレナとウルカの男女ペアから模擬戦がスタート。俺はリューゼの近くで棒を握り、戦いを見守りつつ、リューゼを見る。

『ルール』の宣言以降、こいつは俺に突っかかってこなくなった。というより、全く話しかけてこなくなったのだ。俺としては願ったりだけど、時折俺を見ていることがあるので、何か考えているのかもしれない。

「……」

とまあこんな感じである。別に睨《にら》みつけてくるとかではないんだけど、じっと見られるとやはり気になる。

ヘレナとウルカの戦いはヘレナの圧勝。踊り子志望だと言っていたけど、ステップを上手く使って翻弄していた。そして次はノーラとマキナ。

「フフフ、私と当たるなんてついてないわね。ウルカ君のようになることを先に謝っておくわ！」

騎士を目指すと言っていたし、あの自信ありの態度。俺の中では好カードだと思っていたんだけど——

「なんで【動物愛護】のスキルで、あんなにぽわぽわしているのに当たらないのよ！」

マキナは一方的に叩かれ全身をスライムまみれにして泣いていた。やはり5歳から鍛えてきたノーラとの経験の差は大きいようだ。

「それじゃ次は？」

「……俺たちだ」

ティグレ先生の言葉に、リューゼが立ち上がって前に立つ。まあ、こういうのは早い方がいいかと、俺は青い棒を手に持ち対峙する。

「本気で行くからな……！」

「いいよ」

「2人とも頑張って！」

ルシエールの言葉と同時に先生が合図を出し、俺とリューゼが棒を構える。ここは俺から攻撃することはしないで様子見――

「たあああああ！」

――しようと思う前にリューゼが仕掛けてきた。こいつの性格ならそうなるか！

「ふん！」

思ったよりスライムが飛び散り気持ち悪い!?　リューゼの攻撃自体はまるで素人と変わらないので受けきるのは容易だ。5分間守りきる方向でいいかと考えたその時だ。

「なんで攻撃してこねぇ！　ふざけてるのか！」

防戦一方の俺に激昂する。が、答える必要はないなと俺は棒を受け続けると、なぜか泣きそうな顔でリューゼは叫んだ。

「くそ……！　反撃もできないのかよ、貧乏人め！」

「……！」

「あ……」

「先生、俺の負けです」

そう言ってリューゼに背を向けて、みんなのところへ戻ろうと歩き出す。みんなの表情はそれぞれ違うけど、気まずい空気が流れていた。俺は『ルール』に則るだけなのでなんの感情もない。

「リューゼ、お前……！」

と、ティグレ先生が口を開いたところで、リューゼが慌てて俺の肩を掴んできた。

「なんだ？　次に変わらないと邪魔になるよ」

「お……」

「お？」

リューゼが悲痛な表情で何かを言おうとしたので、俺は眉を顰《しか》める。すると、リューゼは予想外の言葉を口にした。

「お前はやっぱり〝貧乏人〟って俺が言うから無視してたんだな……」

「気付いたんだ？」

なるほど、視線の意味は俺がどうして無視しているのかを考えていたのか。だけどそれに気付いたからって、どうなるものでもない。振りほどこうと手を伸ばすと、スッと肩から手が離れ、文字通り肩透かしを食らう。

「ごめん！」

「え？」

なんとリューゼが頭を下げて謝ってきた。俺は突然のことに間の抜けた声を出し、リューゼの後頭部を呆然と見つめる。困惑していると、リューゼが顔を上げて俺に言う。

「先生が家庭訪問に来た時、言われたんだ。俺の魔法は落ちこぼれだって……それとお前に貧乏人って言うのは同じだってよ……」

そんなことがあったのか……先生は貧乏人発言に怒りを覚えていたからあり得る話だ。でも家庭訪問ならブラオが一緒にいたはずだから、こいつが謝る考えに至るとは思えない。だけど、リューゼは続けて言う。

「先生に自分で考えろって言われて考えたんだ。俺はレアスキルを持っていても魔法は言われた通り落ちこぼれ。もしお前がこれを知って、俺のことを落ちこぼれって言ってきたら……たぶん、無視すると思った……。それにお前、本当にギルドに出入りしているんだな。自分でお金を稼いで、家のために頑張ってるんだろ？　だからごめん！」

……正直、驚いた。

前世の弟が俺を蔑むことになったのは、８割方両親のせいだ。それくらい親の影響は強い。

だから先生に何か言われたとしても、ブラオが押し込めると思っていた。

だけどこいつは10歳ながら自分で考え、それが悪いことだと判断したのだ。

「よく言ったリューゼ」

横で腕組みをする先生がにやりと笑う。この人は本当に子供のことを考えているんだな。何か過去にあったのだろうか？

取りあえずポカーンとしているクラスメイトを放置するわけにはいかないので、俺はリューゼを連れて少し離れたところへ移動する。

「先生、続けてください。俺はリューゼと話をします」

「分かった。何かあったら呼べよ！」

そう言って離れると、先生はサムズアップをして見送ってくれた。慌てるリューゼと向き合い、俺は口を開いた。

「よく気が付いたね。先生の落ちこぼれはひどいと思うけど、リューゼ、君が落ちこぼれと言われて感じた嫌な気分を俺は〝貧乏人〟と言われる度に感じていた」

「……マジでごめん」

「気付いたならいいよ、そうやって何が良くて何が悪いかをきちんと探っていけば、みんなに嫌われたりしないからね。謝ってくれてありがとう、それじゃ戻ろうか」

俺はそれだけ言って戻ろうとすると、リューゼが俺に言う。

「な、なら、今日から俺と友達になってくれるか？　もうお前に貧乏人とか言わねぇ！　それに俺、屋敷暮らしで友達と遊んだことなかったから……クラスみんなと友達になりたい。偉そうな態度もダメだろ？　父上になんか言われてもやめるよ。お前と一緒にギルドとか行ってみたいんだ」

最後は鼻の頭を掻きながら、落ちこぼれは嫌だしな、とぽつりと呟く。子供ながらの熱い想い。きっと嘘は言っていないと思う。……だけど俺は、リューゼへ言わなければならない――

「今のリューゼならみんな仲良くしてくれるはずだよ。俺はそう思うし、応援する」

「へへ、そうか！　よかったぜ……」

――残酷な言葉を、こいつに。

「だけど、俺はお前の友達にはなれない。ごめんな」

「え……」

俺はこいつの父親に復讐するのだ。友達になるわけには、いかない。

振り向きざまに見えたリューゼの唖然とした顔が、目に焼き付く。

だが、リューゼがまともな思考を持つのは悪いことではない。いつか必ずブラオに痛い目をあわせる。そうなるとリューゼは路頭に迷うかもしれない……そうなった時、正しい選択をすることがきっとできるからだ。

そしておそらく、追い落とされればリューゼは俺を恨むだろう。そこまでは織り込み済みで、あくまで俺の目的は父さんを領主に戻すこと。『俺』がそれを成さねばならない。

そうなれば家に向く可能性のある憎悪……今まさに俺がブラオに抱いているものが、俺一人にだけ向けば両親と兄さんは幸せに暮らせるだろうと算段している。

もちろん先のことは分からないけど、最終目標を考えるとリューゼと友達になることは不可能なのだ。

俺がそう思いながらみんなのところへ向おうとすると、リューゼに回り込まれ怒声を浴びせられた。

「な、なんだよ、ラース！　お前許してくれたんじゃないのかよ!?　どうして友達になれないとか言うんだ！」

「言った通りだよ。リューゼとは友達になりたくないだけ。恨んでくれていいよ、これは俺の勝手だから」

「……なんでだ？　お前は『ルール』とか作るくらいだし、俺が謝ったらありがとうって言った。俺のことが本当に嫌いならそんなことは言わない、と、思う……」

「……」

まさか食い下がってくるとは思わなかった……これは予想外だと俺は困惑する。どうするか思案していると、リューゼが続ける。

「俺、お前が働いていると聞いて本当にすごいと思ったんだ。クラスメイトは誰もしていないギルドの依頼をちゃんとやっててさ！　……俺は将来領主になれって言われているけど、本当はスキルで魔物退治とかしたい。それを言うと父上が怒るけど……」

「そう。でも俺には関係ないよ。そろそろ戻らないと先生に怒られるよ、戻ろう？」

「嫌だ！　ラースがちゃんと俺のどこが嫌いか言ってくれるまで離さないぞ……！　悪いところがあったら直すよ。きっと先生もそう言うと思う！」

一体先生に何を言われたのか……今までからは考えられない言動だ。もちろんリューゼ自身は俺に対して謝罪してくれたので、もうわだかまりはない。

「いや、さっきも言った通り俺のわがままだよ。なんとなく、リューゼは気に入らない」

本当のことを言えるわけもなく、俺は適当に答える。すると――

「痛っ!?」

「そんなの理由じゃないだろ！　言えよ、この……！」

「やめろ、別にいいじゃないか、俺が友達じゃなくても！　無視したりはしないから」

「うるせえ、本当のことを言え！」

ごろごろともみくちゃになって地面に転がる俺たち。タイミング悪く、リューゼが俺に馬乗り状態になってしまった。リューゼは俺に殴りかかってきたがそれを防いでいると、ふいに水が一滴、俺の顔に落ち、攻撃が止んだ。

「……？　リューゼ、お前……」

「なんでだよ……！　俺のことが嫌いでもいいよ、でもなんとなくとかは嫌だ……理由を言えよ……お前、頭いいからまだ何か隠してるんだろ……！」

俺の胸倉を掴んだまま鼻水を流してリューゼは泣いていた。

（ねえ、お母さん。どうして＊＊ばかりいい子って言うの？　僕が嫌いなの？）

（そうねえ……なんとなくいい子に見えないからよ、きっと。お兄ちゃんなんだからもっとしっかりなさい。宿題あるんでしょ？）

「……っ！」

不意に、『三門英雄』の子供時代の記憶がフラッシュバックする。

俺はあいつらと同じことを……。

「おい、お前らケンカはダメだぞ！」

リューゼが大泣きしていると、ティグレ先生やクラスメイトが近づいてくる。俺は覚悟を決めて、こいつに言う。

「……分かった。なんで友達になれないかを教えてやる。２人だけの時に。だから、今は泣くな」

「う……ぐす……ほ、本当だな！　絶対だぞ！」

「ああ、約束する」

俺がそう言うと泣き笑いの顔で俺から手を離す。直後、ティグレ先生がリューゼを引き離した。

「リューゼ、どうしたんだ！　……ってなんで上に乗っている方が泣いているんだ？」

「う、うるさいな！　な、泣いてないよ！　ちょっと転んだだけだって、ほら、ラース」

「ありがとう」

リューゼの手を取って立ち上がると、すぐにリューゼはジャックやヘレナに冷やかされていた。砂埃を払う俺に、ノーラとルシエールが近づいてくる。

「大丈夫ー？」

「何があったの？　あ、ここも汚れてる」

「ありがとう。ちょっと言い争いになったんだ」

「貧乏人かなー？　あれは次言われたらオラが言い返そうと思ってたんだー！」

「うん。別に学院に入れるお金があるんだから貧乏じゃないしね」

「はは、ありがとう2人とも。今日中にリューゼと決着をつけるから安心して」

そう言って授業に戻る俺たち。

若干気まずい雰囲気があったものの、リューゼがジャックにいじられたことで重い空気が緩和し、瞬く間に放課後となった。

――リューゼの想いは分かったので、こっちも本当のことを話そうと思う。

これは賭けだけど、リューゼが真相を知っていることを告げたあと、ブラオが戯言《ざれごと》だともみ消してくれるのが望ましい。悪手ではあるが、あの調子でぐいぐい来られると日常生活に支障が出そうで困る。

ティグレ先生に話すのも手かと思ったけど、最終手段にすることに決めた。

最悪のパターンにならなければいいなと思い、俺はリューゼの待つ屋上の扉を開ける。

ベンチやテーブルセットがある屋上は、お昼休みや放課後に集まる生徒もいる人気のスポットだ。だけど今日みたいな週末は部活もなく、雲行きが怪しいからか、ここには今到着した俺と、腕組みをして仁王立ちをするリューゼだけだった。

「来たな、ラース」

「約束だからね」

俺はリューゼの前まで行く。お互い視線を離さず立ち尽くしていると、リューゼが先に口を開いた。

「……昼の件、教えてくれるんだろうな。俺と友達になれないってやつだ」

「ああ。それに関して一つ、言っておくことがある」

「なんだよ」

「今から言うことは本当に本当の話。そしてそれを聞いた瞬間、リューゼはたぶん困惑する。きっと嘘だと思うに違いない」

「な、なんだ、それ……俺を脅かそうたってそうはいかねぇぞ！」

「それも、お前次第だ。それでも聞きたいか？」

俺が真っすぐ見つめると、リューゼはごくりと唾を飲み込み、一瞬、間をおいてから、

「……頼む」

そう呟いた。

俺はため息を吐いてから、俺の知っていることを告げる。

「お前の父、ブラオは領主だけど領主になれたのはどうしてか知っているか？」

「いや……生まれた時から父上は領主だったし、そういうもんだと思ってた」

「ブラオが領主になったのは俺とお前が生まれる2年前。その前は俺の父さんが領主をしていた」

「え……」

目を見開いて驚くリューゼ。話をすることもないだろうから、この反応は当然だ。

「その時、俺の兄さんが大病を患い、父さんは私財を投げ打って治療しようとした。領主は財

産が一定以上ないと剥奪されるんだけど知っているかい？」

「ああ……父上が金は大事だってよくぶつぶつ言っているから、なんでそんなに心配しているのかって聞いたことがある」

俺はその答えに頷く。

リューゼを次期領主にして老後も楽にしようという算段もあるだろうから、そういうことは教えるのだろう。リューゼはそこで俺に問う。

「もしかして父上がそれで領主になったのが気に入らないのか？　だったらそれはお前が勝手に恨んでいるだけだろ？　自分勝手ってのはそういう——」

「違う」

「っ……!?」

俺が声色を強くして遮ると、リューゼは驚いて一歩下がる。それと同時にぽつりぽつりと雨が降ってきた。やはり降ってきたなと思いつつ、目を細めてからリューゼに最後の審判を告げた。

「それだけなら俺だって文句は言わない。貧乏人を謝罪してくれた時点で許していたし、友達になっていただろうね」

「ならどうして……」

「それはリューゼ、お前の父親が兄さんに毒を盛って殺そうとしたからだ。治療費を払う羽目になったのも、払ってお金がなくなって領主を降ろされたのも、全てブラオが原因で起きた出来事。領主の座よりも――兄さんを殺しかけたことを許すわけにはいかない。結果的に生きているというだけで、ウチは財産と兄さんを失うところだったんだ」

「そ、そんな……父上が……」

尻もちをつき、俺を見上げながらリューゼが口をパクパクさせて目を見開く。俺は片膝をついて話を続けた。雨が地面を濡らしていく。

「〝そんなはずはない〟と思うだろ？　でも事実なんだ。だから俺は必ずお前の父親に痛い目を見てもらう。そうなると息子であるお前にもとばっちりがいく。今の生活から落ちぶれたら、きっと俺を恨むだろう。これがお前と友達になれない理由だ」

「……」

言葉も出ないリューゼは怒る俺に怯えているのか、父親の所業に驚いているのか分からない表情をしていた。俺はこれくらいでいいかと立ち上がり、出口を目指す。

「俺のことをブラオに言っても構わない。その時は……妨害されても、死ぬような目にあうとしても、それでも俺はお前の親父を必ず地獄に叩き落とす」

そう言って踵を返し歩き出す。ああ、雨が強くなってきたな……こいつ自身に恨みはないのに、俺の勝手で怒りをぶつけてしまった。

友達か……前世からいなかったし、今さらどうということもない。できるだけリューゼに被害が及ばないようにするにはどうすればいい？

俺が胸中でそんなことを考えていると、背後でバシャッと水しぶきの音がしてリューゼの声が聞こえてきた。

「先生が……」

「……？」

「先生が言っていたんだ。『人から聞いたことよりも、自分で見たことや考えたことで判断する方がいい。分からないなら人に聞くのもいい』って。だから、今はまだお前の話を信じない」

「……」

「でも、たぶんお前は嘘を言っていない。俺と友達になりたくないからってこんなことを言う必要はねぇはずだ。だから少し待ってくれ！　確かめる時間を……くれ」

「俺はどっちでもいいんだ。これをお前に話した時点で不利になることは分かっていた。だけど、お前も知った。ウチに何かあればそれはきっとブラオが何かしたのだと判断ができる。

……もし、俺以外の人間に危害を加えるようなことがあれば――」

俺は頭上にとんでもない大きさのファイアを出し、声を低くする。

「!?」

「その時はこの身を切ってでも手段を選ばない。……いいかリューゼ、今の話を確かめるつもりなら慎重に動くんだ。実の親でも平気で子を切り捨てる。そういう親もいるんだから……」

「そ、そりゃどういう……あ、おい！　ラース！」

俺は頭上に出した特大のファイアを消して屋上を立ち去る。頬を伝う雨はほんのり温かった気がした。

◆◇◆◇◆

ラースとリューゼが屋上で会話をしていたその時、扉の裏では——

「……う、嘘……デダイト君が殺されそうだったなんて……」

「お、お姉ちゃん、ラース君の魔法……！」

「あれ、〈ファイア〉!?　あんなの魔法系のスキルを持っている人でも簡単にはできないわよ……！　魔法をその場に保たせること自体難しいのに……あ、あんな大きいの……！」

——扉の裏で話を聞いていたのはルシエラとルシエールだった。ルシエラは珍しく兄のデダイトを追いかけず、昼間、リューゼと言い争いをしていたラースを心配していたルシエールと一緒にラースを追って屋上に来ていたのだ。

「お父さんに言った方がいいかな……」

「……難しいわね。デダイト君たちの家族と関わりたくなさそうだし、領主様に告げ口しそうだわ。しばらく様子見ね。私はデダイト君、あんたはラース君を注意して見ておきなさい」

「わ、分かった！　あ、こっちに来るよ！」

「今日は帰りましょう。雨も降ってきたし」

ルシエラがそう言って、ラースが来る前に移動し家へと戻るのであった――。

◆◇◆◇◆

「……なあ父上」

「なんだ？　早く飯を食って勉強をしろ。お前には私の後を継いでもらわねばならんのだからな」

「その……父上はいつ領主になったんだ？　確か、交代の期間とかあるんだよな」

ラースと別れたあと、雨の中とぼとぼと帰宅したリューゼ。食事中にそれとなくブラオに話をする。

「おお、お前もようやく興味が出てきたか！　うむ、お前が生まれる2年前だ。ちょうどその時、前の領主が失脚したので私が立候補した。この生活ができるのも私が努力したからだ」

「……前の領主がラースの父さんだったのは本当？」

するとブラオは目を見開き、顔を真っ赤にして大声を上げる。

「誰から聞いた！　ラース……お前と同じクラスにいるローエンの息子か！　ふん、やつめ……息子には言わないと言っていたのに、結局、子に見栄を張りたいということか？　それともまだこだわっているのか。どちらにせよ領主に戻ることなどできはせんのだがな……」

「……どういうことなんだ、父上？」

「なに、難しいことじゃない。町の連中にローエンが売る野菜や薬は安く買い叩けと言っているのだ。今の生活が精一杯なら金を貯めることはできないだろう？　いくら頑張っても領主になるだけの金額は集まるまい……くくく……」

陰気な笑みを浮かべてそう言うブラオに、リューゼは冷や汗をかく。確かにこんなことを口にする父親なら子供を殺そうとするかもしれない、と。

ごくりと唾を飲み込みながら、リューゼはもう一つ、気になっていたことを聞く。

「そ、そうなんだ。は、はは、いい気味だな！　……父上、もう一つ聞いていいかな？」

「うむ。ローエンの息子もお前がしっかり貶めてやれ。金と人は惜しまんぞ？　で、なんだ？」

「俺の母上はどうしていないんだ……？」

そう、リューゼには母がいない。この大きな屋敷には通いのメイドが数人いるだけで、ブラオとほぼ2人暮らしと言っても過言ではないのだ。今までは父親がいればいいと思っていたし、話す気がないなら聞く必要もないと考えていたが、ラースの家族を想う言葉で母親のことが気になってきた。

もし死んだのであれば仕方がないと思っていたが——

「母……ネリネか。いつか話さねばと思っていたが、それが今とはな。……お前の母は私を裏切ったのだ。だからこの町から追放した」

「……!?」

ブラオが眉間にしわを寄せてから驚くべき告白をし、リューゼがフォークを取り落とした。ブラオは忌々《いまいま》しいとばかりに拳をテーブルに叩きつけ、誰にともなく怒声を浴びせる。

「なぜいつもあの男ばかり上手くいく！　いつもいつも私の前を……それに生まれてくるリューゼのために金も必要だった！　それをネリネはローエンの息子を殺しかけたくらいで……あ、いや……」

（……やっぱり父上が！）

今の言葉を聞き逃せるほどリューゼの耳は遠くない。ラースの言ったことが嘘でなかったことをブラオ自ら証明する形になり、リューゼは自分の体が震えるのが分かった。

「……お前は何も聞かなかった。いいな？」

「ち、父上はどうしてそこまでして領主になりたかったんだ……！　こんなことがあったなんて友達に知られたら俺、みんなに嫌われちゃうよ！　人殺しの息子だなんて！　うあ!?」

リューゼがまくし立ててそう言うと、ブラオがリューゼの頬を拳で殴りつけた。椅子から転げ落ちたリューゼを助けるそぶりも見せず激昂した。

「誰が殺したか！　長男は生きているだろうが！　それに友達だと？　お前に必要なものは手足になる取り巻きだ、友達なぞ必要ない！」

「いってぇ……！　……ラースの言う通り、結果的に兄ちゃんは生きているだけだろ！　死んでもいいと思ってたんだろうが！」

「……くく、その通りだ、ローエンの……いや、待て、今、お前なんと言った？」

「な、なんでもないよ、父上……」

リューゼは先ほど言ったことを思い出し、口に手を当て、尻もちをついたまままあとずさる。

「……いや、すまなかったリューゼ、殴りつけたりして。ネリネの……母のことは忘れるんだ。なに、再婚して新しい母親を見つけてやるからな」

「……」

にっこりと笑ってリューゼの頭を撫で、傷の手当てをするためメイドを呼ぶブラオ。リューゼは聞こえていなかったと安堵し、部屋へと戻るが、先ほどと同じく、ブラオが聞こえていないはずはなかった。

「まさか知られているとは……しかしローエンの息子はどうやって知ったのだ？　毒殺を仕掛けたことを知るのは私とニーナ……あとは『先生』だけ。ニーナは母親に危害が加えられては困るから漏らすまい。……計画を考えた『先生』が漏らすとは思えないが、今後の相談も踏まえて一度話をしておくか……」

ブラオは窓の外の雨を睨みつけながら呟くのだった。

◆◇◆◇◆

――リューゼに真実を告げた次の日、俺は休みを利用してベルナ先生に昨日のことを伝えておこうと思い山道を歩く。この山道も楽になったなと思っているとすぐに到着し、玄関をノックする。

「こんにちは、ベルナ先生」

「あらぁ、ラース君、久しぶりねぇ！」

玄関を開けてくれた先生は満面の笑みで迎えてくれた。会うのは入学式以来だから、それほど期間は空いていないんだけどね。

「ふふ、学院は楽しい？　魔法の制御はちゃんとできているかしらぁ？」

「それは大丈夫だよ。でも――」

俺はリビングの椅子に座り昨日の出来事を話す。よりによってブラオの息子であるリューゼに言ってしまったこと。それによってリューゼがブラオに伝えた場合、自分たちの身が危うくなる可能性があることを。

「……迂闊だと思う。けど、あいつの想いは痛いほど分かったから答えた」

無視されることのつらさは十分に分かっている。それでも続けていくしかないと思っていたし、こちらを蔑んでくる相手ならいずれ向こうも俺を相手にしなくなるはずだったと先生に告げる。

すると先生は少し考えたあと、俺の頭に手を乗せて微笑んでくれた。

「確かに迂闊だったわねぇ。でもその子はラース君と友達になりたいって言ってたんでしょ？だったらきっと悪いようにならないわぁ。ラース君がきちんと応えてあげたように、その子もきっと応えてくれる。わたしはそう思う」

「先生……」

俺は泣きそうになるのをこらえてベルナ先生の目を見る。その時、ベルナ先生が今まで見たことがないまじめな顔で口を開く。

「でも、子供同士はそれでもいいけど、楽観視はできないかなぁ。いつラース君が『知っている』ことが漏れるか分からないしね。……いいわ、今日からわたし、ラース君の家を観察させてもらうわねぇ」

「え？」

意図が分からず間の抜けた声を出す俺に、いたずらめいた笑顔でウインクする。

「わたしがラース君の家族を守ってあげる。今はとーってもわたしが、ね♪」

「で、でも、先生にそこまでしてもらうわけにはいかないよ!?」

「いいのよ、わたしはあなたの家族が大好きだからねぇ♪ それにお隣さんだし」

「いや、山の中だけだけどさ……いいの？」

先生はやると言ったらやると、鼻歌交じりにお茶を用意し始める。機嫌がいい時の先生は鼻歌を歌う癖があるので、かなり上機嫌のようだ。

その後はお茶を飲みつつ、学院でのことを話して盛り上がる。ルシエールのことや、マキナにも興味があるのか、面白がっていた。ウルカの【霊術】も機会があったら見てみたいというのはやはり魔法使いも興味があるのだろう。家はこれで安心だけど、思ったより早く行動を起こすべきかとティーカップを傾けた。

動き出す予兆

「おはよう」

「おはよー」

「ああ、おはよう」

「おっはよん♪」

俺はノーラとクラスへ入り、既にいたヨグスとヘレナに挨拶をする。今日はルシエールたちとは会わなかったので2人だけ。そんな日もあるかとカバンを机にかけていると、リューゼが入ってきた。

「おはよう……」

「おはよ♪　って、どしたの、ほっぺた？」

「ちょっと転んでな」

「あらら、痛そう……気をつけないとね」

ヘレナにウインクされ、リューゼはサンキューと言って椅子に座る。……転んだ？　転んで頬をあんなに腫らすだろうか？　気になってリューゼの方を見ていると、ルシエールが姉を引き連れて入ってきた。

「おはようヘレナちゃん、ヨグス君……リューゼ君も」

「おはようルシエールさん。……それと？」

ヨグスがルシエラを見てきょとんとした顔をするが、お構いなしにルシエラがリューゼに向かって質問を投げかけていた。

「ねー、昨日病院の前であんたを見かけたんだけど、何やってたの？」

「……!?　み、見てたのか？」

「ルシエールと散歩中に、ねえ？」

「う、うん……」

するとリューゼが頬を指差してから2人に返す。

「……見ろよ、これ。これの治療に行ってたんだよ」

リューゼが面倒くさそうに言い放ち、病院に行くのは当たり前だと憤慨する。しかしルシエラは気にせず話を続けた。

「あー、マジで痛そうね……でも、なんでお父さんと一緒に病院へ入らなかったの？　お父さんのあとをつけていたみたいだけど、もしかしてお父さんに叱られたから？」

……俺はリューゼが一瞬顔色を変えたのを見逃さなかった。ルシエラがどうしてそんなことを気にするのか分からないが、彼女もまた探るようにリューゼを見る。

「うるさいな！　そういうことだよ！　父上に叱られて殴られたんだ。で、屋敷を飛び出して病院に行こうと思ったら追いかけてきてな。病院に先回りされたから身を隠していたんだよ。ったく、気持ち悪いなお前！　こそこそつけてくるんじゃねぇよ！」

「父親のあとをつけてたくせに」

「うるせぇ！　分かったんならあっち行けよ……」

シッシと手を払いルシエラを追い返すリューゼ。するとなぜかルシエラが俺を見てにやりと笑い、クラスから立ち去った。

なんなんだ、一体……？

それにしても病院にブラオも行っていたというのも気になる……。

「ん？　病院？　……待てよ──」

俺は一つ、思い当たることがあった。可能性はゼロじゃない、探ってみるか？

◆◇◆◇◆

今日は用事があると言ってみんなのお誘いを断り、俺は今、病院近くの本屋で立ち読みをしながら様子を窺っている。

さて、どうして病院でピンと来たかというと、兄さんに毒が盛られた時、よく考えてみると、死ぬようなレベルの重症だった兄さんを診断した医者がいるはずだとルシエラとリューゼの会話で気付いたからだ。

「……今さらだけど、やらないよりはマシだよね」

もっと早く気付くべきだったことを恥じながら、病院の様子を窺う。お年寄りや子供連れの親子が笑顔で出てくるのが見え、誰かが帰る度に眼鏡をかけた白衣の男性が笑顔で見送っている。あの人が主治医か？

病院とはいっても日本のような大きな建物ではなく、2階建ての一軒家で、日本だと個人経営の病院のような感じだ。

「正面から行くか……？　それとも〈インビジブル〉を使って様子見……でも、せっかくだし――」

「せっかくだしなんだい？」

「今ちょっと考えているんだ、どうするかなあ」

あれ？　今のって――

「考えているのはその手に持っている本を買うかどうか、かなあ？　立ち読みは禁止だって張り紙、あるだろう？」

「あ⁉　ご、ごめんなさいー！　いくらですか？」

「５００ベリルだ。……毎度！　立ち読みすんなよ！」

「はーい！」

本屋の店員さんにお金を払い、本を持って店を出る。……迫力ある人だったなあ。って、俺は何の本を買ったんだろ？

〝女性を落とす10のテクニック！　今回の付録は家でもできる魔法の訓練！〟

「……」

……付録に興味があるからこれは取っておこう。むしろメインはそっちを推すべきでは……？

そそくさとカバンに本を入れて病院の前に立つ。さて、健康体の俺が病院に来ること自体おかしいので、やはり悩む。

「ま、なるようになるかな？」

俺は決意し、病院の玄関を開けて中に入る。患者さんは既に誰もおらず、診察が終わったのかなと周囲を見渡していると声がかかった。

「あら、君、診察希望？　お父さんかお母さんは？」

「あ、はい。最近疲れがひどくて……一人なんですけど診てもらえますか？」

するとお姉さんはにっこり笑ってカルテを俺に差し出す。

「ここにお名前と年齢を書いてもらえるかな？　今はこの通り暇だし、すぐ呼んでもらえるわ」

「分かりました」

カルテに必要事項を記入してお姉さんに渡すと、うんと頷いてから奥へ引っ込む。そして5分もしないうちにお呼びがかかった。

「ラース君、どうぞ」

やさしそうな男の声が奥から聞こえてきて、俺は『診察室』と書かれた部屋の扉を開ける。

そこには――

「やあ、君は初めて見る子だね。さ、座ってくれ」

灰色の髪をオールバックにし、細いフレームの眼鏡をかけた三十半ばと思われる男がにこにこしながらこちらを見てそう言った。

「はい、お願いします」

「僕はこの病院を仕切っている〝レッツェル〟という。さて、ラース君は疲れやすいらしいけど、学院の生徒だろう？　運動の授業で張り切りすぎているんじゃないかい？」

「いえ、そんなことはないです。ギルドで依頼もこなしていますけど、雑務がメインなので疲れるようなことはないかなと」

「へえ、まだ10歳なのに偉いねえ。何か思い当たることは？」

「そう、ですね……家のことで少し悩みがあるかも……」

俺が目を伏せてそう言うと、レッツェル先生が眉を下げて俺の顔を見る。そして手をポンと打ってから俺の額に手を当てて言う。

「ふむ、熱はないね。脈も……正常だ。家のことを話してもらえるかい？　話すと楽になるかもしれないよ？」

「……そうですね……実は昔、父さんが領主だと分かったんです。でも、今はお金がなくてぎりぎりの生活を……もしずっと領主だったらこんな生活じゃなかったかもって思うと……」

「……！　フッ……」

こいつ……！

「そうか、前の……でも、それはもう過去のことだ。未来にはきっといいことがあるよ。できることをやっていくしかない。生きていくってことはそういうことだよ」

「……そうかもしれませんね。ありがとうございます。……あ、先生、昔この病院に俺の兄さんが運ばれてきたことがあるそうなんですけど、ご存じですか？」

「ん？　ああ、そういえば10年くらい前に領主様の子が運び込まれてきたことがあったね。奇跡的に助かったけど、お兄さんは元気かい？　僕も必死に助けようと頑張ったから、あの時はホッとしたよ。……さて、そろそろ時間だ。また、ここへ来るといい。僕でよければ話を聞くよ？」

「はい」

「それじゃあね」

俺はぺこりと頭を下げて病院をあとにする。早足で歩く俺の表情がどうなっていたか分からないけど、胸中にどす黒いものが渦巻くのは分かった。

「……ビンゴだ！　あいつがブラオと共謀して兄さんを殺そうとした男……！」

確信はあった。父さんが領主だったことを告白した瞬間、笑ったのだ。そして、兄さんが運び込まれた話をした際も気遣う言葉を吐きながら、レッツェルはずっとにやにやと嫌らしい笑いを浮かべていたからだ！

殺す気だった、奇跡的に助かった、ことが残念だ、そう目が言っていた。あの目には覚えがある。前世の弟が俺を見る時の目と同じだったからだ。

「必ず尻尾を掴んでやる……！」

決意を新たにし、増えた標的と追い詰めるための考えを巡らせ始める俺だった。

◆◇◆◇◆

——病院の2階の窓からラースの背中を見て、レッツェルが笑って口を開く。

「くっくっく……あれがアーヴィング家の次男か。なるほど、賢そうな子供ですねえ」

「や、やつは私と先生のことを知ったのだろうか!? だからここに……」

「いや、違う。あの子もまだ探りを入れている段階だろう。だが、ブラオさんの息子に言ったことは的確で間違いないこと。それがどこから漏れたのかが気になりますね」

「ニーナが言ったのかも……」

ブラオが青ざめると、窓を見ていた『先生』ことレッツェルがブラオへ向き直り煙草を口にする。

「彼女が彼に？ ……考えにくいですね。であれば父親か母親に告白すると思いますが、両親にその素振りは見られないのでしょう？」

「た、確かに……もし私が子を殺そうとしたことがバレていれば、ローエンが駆け込んでくるに違いない……」

するとレッツェルは「ふー」と煙草の煙を吐き、細い目を少しだけ開けてからブラオへ耳打ちをする。

「……なあに、黙っていればバレませんよ。証拠は僕が握っていますからね。くく、あの毒薬は捨てるには惜しい。赤子とはいえ、一滴で死にかける薬などそうそうありませんよ。それに、【鑑定】でもしない限り、この特殊な毒薬で死にかけたという証拠は掴めないでしょう?」

「……」

ブラオが目を逸らして口ごもると、レッツェルはポンと手を打ってから大仰に手を広げて言う。

「そうだ! 貧乏に耐えかねて一家揃って心中、なんてどうですか?」

「……マリアンヌの薬は上物だ。あれを切るのは勿体ない……」

「くく、その地位を守りたかったら、僕の話に耳を傾けるのがいいと思いますけどね? あの時のように……」

「そうだな……今日はこれで失礼するよ」

「お気をつけて」

ブラオは蒼白になった顔を隠しもせず正面から出ていく。ローエンに嫉妬し、金と地位がほしいとあの時は必死だったが、殺しは寝覚めが悪く、足が付いた時は極刑になる可能性が高いと頭を振る。

「お前が悪いんだ、ローエン……お前が私の――」

病院内でレッツェルとブラオがそんな話をする中、少し離れた場所でリューゼが病院を眺《なが》めながら呟く。

「……父上、また病院に来たのか。何をやってるんだ……？」

「お、リューゼじゃないか。どうしたぁ、こんなところで！」

「うひゃ!?　……ティグレ先生！」

「おう、俺だ。ラースとは仲直りできたのか？　まあ男の子だからケンカは……ってどうした!?」

リューゼはその言葉を聞いて不意に涙がこぼれる。自分を本当の意味で叱ってくれたティグレに、リューゼは――

「う……先生、俺、どうしたらいいか分かんねぇよ……！」

「……何があった？　俺に話せるか？」

リューゼはこくりと頷き、ティグレに抱きついた――。

◆◇◆◇◆

――病院に行ってから数日。

平常通り生活をしながら、どこから手を付けるべきかをずっと考えていた。

目標は絞られてきたけど、何をするべきなのかが定まらないからだ。他にもブラオの協力者がいるかもしれないというのもある。

「あの医者を調べたいけど姿を消す魔法のインビジブルは俺の魔力だと1時間くらいしかもたないからなあ……」

レッツェルは必ず計画に関わっていたはずだと俺の勘が告げている。そこで一つ思い当たる言葉を思い出した。

「そういえばブラオが病院に行っていたってルシエラとリューゼが言っていたっけ。なら、その時を狙って病院を張っておけば何か分かるか？」

……うん、これはいいかもしれない。

共謀しているなら、本当の診察だとしても世間話から何かボロを出してくれる期待もある。

というわけで放課後、俺は早速行動に出ることにし、領主邸へ向かう。

「……!?」

すると途中で、ブラオとリューゼ親子を乗せた馬車が俺の横を通り過ぎていくのを見かけ、リューゼと目が合う。

「もしかして俺って運がいいのかも……！」

方角からすると、おそらく病院に向かっているはず。馬車を追いかけると案の定、病院に馬車が止まるのを遠目から確認。

「……方針を決めた初日からこれはありがたいね。さて、魔力量からするとあまり長くもたないから――」

曲がり角で様子を見ていた俺は驚愕することになる。まさかの人物がここに現れたからだ。

「おや、奇遇ですねブラオさん」

「き、貴様……担任の……!?」

そう、ティグレ先生が病院へ入る直前、ブラオに声をかけていたのだ。

「先生……！」

「よう、リューゼ！　領主様はどこか具合が悪いのですか？」

「ま、まあな……き、貴様もどこか悪いのか？　ああ……ふふん、頭がおかしいのだな？」

「否定はしませんがね」

「くっ……減らず口を……」

皮肉をあっさり返され歯噛みをするブラオ。しかし先生がどうしてここへ？　リューゼは先ほどまで沈んでいた顔が少し明るくなったような気がする。聞き耳を立てていると、先生が口を開く。

「俺は通りがかりでしてね。子供たちが帰るのに危なくないかチェックをするのも我々の務めですから。ほら」

ティグレ先生が指さす先に女性がいた。こちらには気付いていないようだけど、あれは……兄さんの担任だったかな？　彼女が道の向こうに消えていくと、ブラオが目を細めてから言う。

「……仕事熱心なことだな？　学院内の貴族も平民も同様という部分は気に入らんが、生徒や親は安心できるだろうな」

「ええ。身分はどうあれ、一人の子供ですからね。では、俺も巡回に行きます。悪いところがどこか分かりませんがご自愛ください」

「うむ」

ティグレ先生が怖い笑顔をしながらこっちに来たので、咄嗟に姿を消し、インビジブルと同じ古代魔法の〈レビテーション〉で病院の屋根に飛び移った。

眼下ではブラオが鼻を鳴らして先生を睨んだあと、すぐにリューゼを連れて病院内へ姿を消した。

「息子さんを連れてくるとは珍しい。イルミ、今日は終了の札を下げておいてください」

「はーい」

屋根の上で伏せていると、２階のとある部屋からレッツェルと受付にいたお姉さんの声が聞こえ、続けてブラオの声が聞こえてきた。

「今日は状況の確認だ。あれからローエンの息子は来ていないか？」

「……!?」

「そうですね。僕とあなたが繋がっていると思わなかったのでは？　むしろ何度もここへ来る方が怪しまれる可能性があると思いませんかね？」

「い、いいのだ！　最近調子が悪いと触れておけば問題あるまい！」

やはりこいつとブラオは繋がっていたかと確信ができ、俺は口元が緩むのを抑えられなかった。

今日、行動を起こして本当によかったと思う。惜しむらくは録音できるものがこの世界にはないということだ。

だけど、どうしてリューゼをここに連れてきたんだ？　リューゼに告げた件、それを聞いての行動だろうけど逆にこの繋がりをリューゼが誰かに話すとは考えないのだろうか。

それはレッツェルも思ったようで、ため息を吐いて椅子の背を傾ける。

「で、息子さんを連れてきた理由はなんでしょうか？　あなたと繋がっていることを誰かに話される可能性がないとは言えませんが？」

「……その通りだ。しかし、最近こそこそと私のあとをつけてきておってな。いっそ話した方がいいと判断した」

「ふむ、なるほど。リューゼ君、だったかな？　僕はレッツェル。お父上とは友人でね、父上が領主になるための手段を考えた末、前領主の息子を犠牲にするしかなかったんだよ」

いけしゃあしゃあと胸糞悪いことを言ってくれる……。ブラオの欲望を満たすために、どうして兄さんが犠牲にならなければならないのか。踏み込んでレッツェルを叩きのめしてやろうかと思っていると、リューゼが恐る恐る口を開いた。

「ど、どうして、父上の計画に手を貸そうと思ったんだ？」

「面白いと思ったからですよ？」

「は……？」

「今言った通りです。僕は人が苦しむ様《さま》を見るのが好きでしてねえ。特に『自分ではどうしようもないことへの絶望』に満ちた表情が！　前領主夫妻はいい顔をしていましたよ。息子が助からないと僕が告げた時の——」

「もういい、やめろ。息子が怯えている」

窓の縁からチラリと中を見ると、リューゼが顔面蒼白で俯いているのが見えた。リューゼ……。

「これは失礼。今後リューゼ君が領主になるなら、僕という人間を知ってもらわないといけないと思っていましてね？」

「それは……そうだが……。リューゼよ、先生がいれば、私たちは安泰なのだ」

「……父上は」

やさしげではあるが、困惑顔のブラオに肩に手を置かれる。その瞬間、リューゼはブラオに顔を向けて口を開く。

「父上は領主になる前は何をしていたんだ……？　領主にならないといけないくらいお金がなかったのか？」

「む……」

リューゼのセリフに、そういえばブラオが領主になる前のことなど興味がなかったことに気付く。表情が曇るブラオを真っすぐ見るリューゼ。

「……お前に言う必要はない」

「なんでだよ！　ラースの家が貧乏だって言っておいて、実は俺たちもそうだったんじゃないのかよ！　だったら俺たちが平民を蔑むのは間違っているし、ラースたちを貧乏人って言える立場じゃないだろう!?」

「うるさい……！　お前は黙って私の言うことを聞いていればいいんだ！」

リューゼのやつ、10歳でそこまで考えられるとは恐れ入るよ。誰かに相談したのかな？　俺が見ていないところでこれだけ言ってくれたこいつを嫌いになれそうにない……ちょっと泣きそうになっていると、面倒くさそうな口調でレッツェルが言う。

「まあ、言えないでしょうよ。あなたのお父上は――」

「おい、止めろ!?」

「元々、前領主の使用人として働いていたのですから」

「え!?」

レッツェルは目を細め、嫌らしい笑いを浮かべて2人を見たあと、少し間をおいて言葉を続ける。

「くく、そりゃあそうでしょう。そうでもなければ領主の息子に毒を飲ませるなど不可能。だけど信頼と実績がある使用人ならどうでしょう?」

「お前か!　お前が父上を……!　うぐ……!?」

「や、やめてくれレッツェル!」

「……あまりガタガタ言うなよ、小僧?　ブラオの生殺与奪権は僕が握っているんだ。もちろん息子である君も、だ」

急に豹変したレッツェルがリューゼの胸倉を掴んで椅子に押し付け、顔を近づける。空いた手にはいつの間にか緑の液体が入った小瓶が握られていた。

「や、やめろ……リューゼには手を出さないでくれ!」

「いい顔ですよ、ブラオ。しつけをきちんとしておかないと、リューゼ君がどうなるか分かりませんねえ」

「わ、分かった！　な、リューゼ？　ローエンの息子と友達など諦めてくれ。わがままを言うとお前が殺されてしまうのだ」

リューゼは仕方ないといった感じで力なく頷き、病院をあとにした。ブラオめ、自分で蒔《ま》いた種だろうに被害者みたいな言い方をする。

しかし収穫はあった。あの小瓶、あれを奪ってヨグスに【鑑定】してもらえば。

俺はリューゼたちが帰ったあともじっと身を潜める。薬の場所も、鍵の位置もばっちり確認すると、残り少ない魔力でインビジブルを発動し、薬を回収することができた。

「やった！　これが兄さんに盛った毒だと証明できれば……」

俺は高鳴る心臓の鼓動を感じながら薄暗くなってきた道を駆けだした――。

◆◇◆◇◆

――レッツェルが自室でグラスを片手に、半分の形をした月を見ながら椅子を揺らして一人呟く。

「……あれから10年も経ちますか。時が経つのは早いものです。まあ、時はあまり意味を成しませんが。しかしあの親子、特にリューゼは無駄な正義感があって困りますねえ。ブラオも気が利かない男だし、そろそろ舞台を降りてもらいますか。操り人形は従順でないといけませんからねえ。助かると思っていた命が助からない……絶望のデスマスクは何物にも代えがたいものですが、今は計画を遂行しましょう」

レッツェルはこの町で『助けなかった命』を思い返してクックと笑う。邪悪、そう言って差し支えない笑顔を浮かべて。

「……さて、今年の収穫祭は国王がいらっしゃるみたいですし、趣向を凝らしてみますか。あは、あはははははははははははははははははは！」

◆◇◆◇◆

「――話を続けるぞ。来月は待ちに待った収穫祭だが、今年は少し違うからその注意点を話すぞ」

――毒薬を手に入れた翌日。興奮気味で眠れず、あくびをかみ殺していると、収穫祭の話がティグレ先生から出た。もうそんな時期か。５歳で初めて行って以降、毎年父さんたちが連れていってくれたので、俺も人並みに楽しみにしているイベントの一つである。

「今年は国王様がいらっしゃる年でな、町の大通りを視察され、領主邸で会談がある。パレードの間は大通りに近づけないから兵士とトラブルを起こしたりしないようにな」

「国王様が来るんですか……？」

「そうだラース。お前たちなら大丈夫だとは思うが、粗相のないように」

そう言って笑うティグレ先生。まあ、国王様に無礼を働いて処罰を受けたら、父さんたちがショック死しそうなので迂闊に近寄らないのが一番だろうね。

「国王様だってよ。領主と会談とか、お前聞いてた？」

「……あぁ、そうだよ。国王様はウチに一泊するようになってるみたいだぜ」

「おおおお、すげぇな!?」

ジャックがひそひそとリューゼにそんな話をし、俺の耳に入ってくる。国王様が領主邸に来るのか、まあその辺の宿屋に泊めるわけはないよな。そこでふと、俺の脳裏にあることが浮かぶ。となると、収穫祭までにニーナに話をしないといけない。思いついた計画にニーナの証言は絶対に必要だからだ。俺はリューゼの背中を見ながら、決着は近いのかもしれないと感じ、手を緩めずに次の一手へと移る。

「ヨグス、君の【鑑定】ってどこまで見れるんだい？」

「ん？　ラースから話しかけてくるとは珍しいな。何か鑑定してほしいものでもあるのかい？」

昼休み、俺はヨグスに話しかける。特に仲が良い人はいないけど、嫌いな人というのもいないって感じのヨグスは少し嬉しそうに俺に答えてくれた。それはもう事細かに……。

「――というわけでランクによって見られる部分が変わってくるんだ」

おお……普段無口なヨグスがめちゃくちゃ喋った……。あれかな、【鑑定】はありふれているスキルだからあまり話を聞いてもらえることがないのかもしれない。

「ありがとう、初めて聞くことばかりで面白かった。できれば製造者を見れる人がいればなあと思っているんだけど心当たりないか？」

「いつでも聞いてくれ。……って、ラースはギルドに足を運んでいるのだろう？　そこにギブソンさんという人がいるはずだ、その人に頼んでみたらどうだい？」

「え!?　あの人がそうなんだ!?」

「ああ。ギルドだと【鑑定】をメインとするスキルは要職で、必ず一人は働いているものみたいだよ。行ってみるといいんじゃないかな？」

「サンキュー、助かるよ」

意外なところに味方がいたものだと、俺は喜ぶ。【鑑定】は割と多くの人が授かるみたいだけど、替えが利かないスキルなので持っているだけで安泰なところがあるみたいだ。

そんな感じで俺は放課後、ギブソンさんのところへ行き、ハウゼンさんと共に事情を話すことにした。収穫祭で騒動を起こすことは既に決めている。俺が止められる可能性はあるが、父さんを慕っているハウゼンさんなら理解してくれるだろうという打算もあった。

「――それがその毒薬か。なるほど、ブラオならできるだろうとは思っていたが、医者もグルだったとはな。評判のいい医者だから疑う余地もないか。おう、ギブソン」

「分かっています。【本質の瞳】」

「あ……！」

珍しく険しい顔をしたギブソンさんがスキルを呟き、瓶に魔力を通す。ほのかに光る瓶を見て俺は感嘆の声を上げた。そして――

「……ん？」

ギブソンさんの魔力を見ていると情報が頭に入ってくる。

【鑑定結果】強毒瓶　作成者：ブラオ＝グート　主な毒：コルヒチン（アルカロイド）
植物の葉から生成された毒薬

「え……!?」

「どうしたラース君？」

「い、いえ……」

俺が困惑しているとギブソンさんが口を開く。その結果は俺が今『視た』ものと同じだった。鑑定、していたのか、俺が？　しかし、それを確かめる間もなくギブソンさんが汗を拭う。

「どうやら間違いないみたいですね。これはブラオさんと医者を問い詰める必要が出てきましたか」

「そうだな……ラース、お手柄だ。これでブラオを追い落とすことができるぞ！　ローエンさんはこのことを？」

「父さんには言っていません。確証を得るまで心配させたくありませんでしたし」

「むう……子供が考えることか？　まあいい、すぐにでも――」

「待ってください！　父さんには収穫祭が終わったあとに話すつもりです。これで中止になるとみんながっかりしますよ？」

俺の手で決着をつけたいというわがままを通すため、俺はそれらしいことを告げる。

「……分かった。だけどラース、お前はもう何もしないでいい。あとは大人がなんとかする問題だ」

「……よろしくお願いします」

俺はそう言ってぺこりと頭を下げてギルドをあとにする。毒瓶は中身を半分ずつにし、証拠を2つに分けて持つことにした。ギルド内にブラオ派閥がいないとも限らないしね。

——あとはハウゼンさんが収穫祭前に行動を起こすかどうかが賭けになってしまったけど、毒薬を鑑定することは絶対に必要だったから仕方ない。

「こんなに早くことが進むとは思っていなかったから1000万がないのが残念だけど、他の人が領主になったあと、次の選挙までに稼げばいいか。次は——」

俺はニーナへ話をするため、家路につこうと足を運ぶ。そこで——

「ラース！」

「リューゼ……？」

丘に差しかかる道の前で、俺はリューゼに引き留められた——。

悪夢の収穫祭

「……明日はいよいよ収穫祭。ハウゼンさんが収穫祭後に告発すると言ってくれて助かったな」

——夕食が終わったあと、俺は一人で父さんの野菜園に来ていた。まあ、家からそれほど離れてないいんだけどね。

明日に控えた収穫祭を前に、俺はこの1カ月あまりを振り返る。味方は多くないけど、ゼロじゃない。今日で準備は整った。

……作戦は考えた結果、一番シンプルな形にした。明日、国王様が領主邸に入った後、俺は証拠を持って国王様に直接告発するのだ。これはおそらく兄さんか両親が言うのが筋なのかもしれない。だけどこれは俺が始めた戦い。それに国王様に無礼をしたということで、もしかしたら処罰される可能性だってある。それを受けるのは一人でいい。

「全ては、明日決まる」

俺は夜空を見上げながらそう呟き、そして、再び運命の収穫祭が始まる——。


「さ、今日から1週間、楽しもうな！」

「うん！」

「オ、オラ、ここにいていいのかなー？」

「ノーラは去年から一緒だしもう家族みたいなものよ♪　……あら？　ニーナはどこに行ったのかしら？」

一家揃ってお出かけ準備中で、ノーラも昨日、兄さんから朝早く家へ来るよう言われていたためリビングでわいわいやっていた。朝食の準備は終わっているものの、ニーナの姿が見えず母さんが首を傾げていたので、事情を知っている俺が返事をする。

「ニーナは実家に行くって言ってたよ？　ベルナ先生と祭りを見るんだって」

「あら、そうなの？　あの2人仲良くなったわよね」

「……母さんも薬草を買いに行った時、先生と長話するじゃないか」

「あ、あはは……さ、ノーラこっちで着替えましょうか」

「はーい！」

逃げたか。母さんは朝出ていって夕方まで帰ってこないからなあ。話しながらハーブティーをものすごく飲むんだよね……息子としては少し恥ずかしい。

ともあれニーナと先生が町に出ているのは本当で、俺がみんなとはぐれたふりをしたあと、ニーナの家で合流し、領主邸へ向かう予定なのだ。

「……よし、毒瓶は持った。ダガーも大丈夫だ」

少し値は張ったけど、万が一を考えて買ったダガーをカバンに入れる。

「ラース？　行こうか」

「あ、今行くよ！」

もしかしたらもう戻れないかもしれない部屋をもう一度見渡し、俺は手を振ってからドアを閉める。これで終わらせてやるのだと誓って。

◆◇◆◇◆

熱気冷めやらぬ収穫祭。家族で町を歩き、今年も無事迎えられてよかったといった話をしながら笑い合う両親。

途中、国王様のパレードを見に行き、マキナやジャックといったクラスメイトと出会うなどして、楽しい時間を過ごす。

……しかし、なかなか一人になれず俺はどうするか思案していた。

またトイレか？　そう思ったその時――

「あー、デダイト君にラースじゃない！」

「こ、こんにちは！」

「あ、ルシエールちゃんにお姉ちゃんだー」

「ルシエラじゃないか、やっぱり祭りに来てたんだ」

ここでこの姉妹に会うのか……！　ついてないなと俺は胸中で舌打ちをする。

「そそ、お父さんもいるわよ？」

「……どうも」

「やあ、久しぶりだね」

父さんを見て気まずそうな表情をするルシエールの親父さん。この人はブラオ派閥みたいだし、父さんと顔を合わせるのは良しとしないみたいだ。

だけどこれはチャンスだ。みんなが足を止めて話が始まった。行くなら……今か。

「あ、向こうにギルドの人がいたからちょっと挨拶してくるよ。先にヘレナが出るダンス会場へ行ってて」

「ん？　またトイレ？」

「5年も前のことを……挨拶だって！　じゃ！」

「あ！　ラース君！」

どさくさに逃げ出した俺はルシエールの声に片手を上げて答え、振り向かずに駆け出した。

周囲を気にしながら慎重に行動し、とある家の玄関をノックする。すると、いつものメイド服を着たニーナと、何かあった時のために呼んでおいたベルナ先生が出迎えてくれた。ベルナ先生はこのことを両親に言わないでくれたことには感謝しかない。

「お待ちしていました……ラース様、よろしいのですか？」

「覚悟の上さ。ベルナ先生、ニーナのことお願い」

「うん。わたしならニーナが一緒でも逃げられるからねぇ」

俺は頷き、３人で領主邸へと歩きだす。するとニーナが不安げに声をかけてくる。

「でも、わたしで大丈夫ですかね……国王様がいらっしゃるのに、ブラオが裏切り者を入れるとは……」

「……そこは俺も悩んだけど、解決策はある。少し不本意だけど……」

「不本意？」

ベルナ先生の言葉には何も返さず、領主邸へ向かう。そして門の前に到着したその時――

「待っていたぜ、ラース！」

リューゼに声をかけられた。

「リューゼ、ここまで来ておいてなんだけど……いいのか？」

「……俺のことなら気にしなくていいぜ、そろそろ会食が始まるから急ぐぞ。それよりあの医者も父上が招いたみたいで、会食に出るぞ」

「……そうか」

俺はリューゼの友達として、中へ入る算段をつけていた。それが何を意味するか理解した上で。

「……まったく、馬鹿なやつだな」

「お前ほどじゃないっつーの」

俺とリューゼはそう言い合ってからフッと笑い、領主邸へと入っていく。

「おっと、ちょうどいいところに出くわしたぜ」

「……みたいだな」

玄関を開けると、ブラオが中央の階段から降りてくるのが見えた。横にはパレードで見た国王様と大臣。最後尾におそらく王子だと思われる子供と護衛が続く。

「経営はまずまず。だが精進するのだぞ？　去年行ったグラスコ領は税収がわずかだがアップしていた」

「は、はあ、努力いたします……」

国王様が顎《あご》に手を当てて厳しいことを言い、汗を拭くブラオ。そんな彼に大臣らしき男性が尋ねる。

「前領主に助けをもらっておらんのか？　彼は貧困だった層を平民に引き上げるほどの手腕を持っておったというのに」

「はあ……まあ……」

しどろもどろにしか返せないブラオに、リューゼはため息を吐いてからぼそりと言う。

「言われっぱなしだなんて父上らしくない……いや、あれが本当の姿なのかな……」

「言うな。前にも言ったけど親は必ずしも立派じゃない」

「だな。さてっと……父上！」

リューゼはブラオたちが降りきったところで声をかけた。

「む、リューゼか。どこへ行って……い、た……!?」

「友達を迎えに行っていました。国王様、聞き耳を立てていたご無礼お許しください。こちらのラースはお……私のクラスメイトでして、前領主の2番目の息子です。そんな縁もあり友人になったのですが、会食をご一緒させていただけないでしょうか？」

おっと、やるな、リューゼ。貴族の息子らしい口調じゃないか。こいつ、俺の脅しにも屈しなかったし、ブラオより肝が据わっていると思う。性格は母親似だったりするのかも？

「ほう、ローエンの……リューゼ君とクラスメイトということはオルデンと同い年か？」

「そうですね、父上。僕はオルデン＝バルトフィードだよ、よろしく！」

「よろしくお願いします、王子」

俺たちが深々と頭を下げると、オルデン王子は国王様に縋る。

「僕、王都の学院以外の子と話すのは初めてだし、彼らにも一緒にいてほしい！」

「ふむ、そうだな。子供の話し相手というのも必要か」

「お、お待ちください！　前領主の子ですが今は平民です、国王様とご一緒するなど……」

「何を言う、国王様がお決めになられたことに異を唱えるというのか？」

「あ……いえ、そういうわけでは……」

「ハッハッハ、いじめてやるな。私のことを思っての発言だ。オルデンもリューゼ君だけでは話が続くまい、ここはよいだろう？」

国王様がやんわりと笑い、ブラオは冷や汗をかきながら承諾する。俺がここにいる意味、リューゼからは聞いていないみたいだけど、分かっているようだ。

そこへ――

「おや、ラース君。久しぶりだね、体の調子はどうかな？」

にやりと笑うレッツェルが姿を現した。俺は目を細めて会釈をすると、返事をする。

「おかげさまで毎日ぐっすり眠れていますよ」

「……フッ、それは何よりだ。会食、楽しみだねえ」

そう言って廊下を歩いていくレッツェルを見送りながら、俺は国王様に問う。

「不躾ながら……私の家で雇っているメイドのニーナも同席してもらってもいいですか？　普段からお世話してもらっていて、食事にいないと不安でして……」

「よく言うぜ」

リューゼの呆れたような声に無言で抗議の目を向けると、国王様が口を開いた。

「構わんぞ、そっちの娘もか？」

「彼女は私の魔法の先生なのですが、ニーナとは友人です。私のわがままでニーナがここへ来ましたが、やはり国王様の前では緊張すると思い、友人と一緒なら少しは緩和できないかと考えました。如何でしょうか？」

「なるほど、メイドを気遣うその心意気、気に入ったぞ。みなで会食を楽しもうではないか。なあフリューゲルよ」

「はあ……護衛する身にもなってくださいよ……」

大臣らしき男、フリューゲルさんがため息を漏らし、護衛の騎士が苦笑する。そこへオルデン王子が俺たちの近くに来て口を開く。

「ラース君だっけ？　美人な先生だね、羨ましいなあ。ウチはばあやしかいないからね」

「王子様ってメイドさんがいっぱいいるイメージでしたよ。なあリューゼ」

「うん」

「ああ、敬語なんていいよ。僕、どうせ王様になるでしょ？　今のうちくらい同世代と普通に接したいんだよ」

「あ、そうなんだ。やっぱり苦労が？」

「リューゼ君なら分かると思うけど、肩が凝るよねー。クラスでも腫物扱いさ、嫌になるよ」

「俺は、割と普通だけど……」

「ホントに!?　ウチにも領主の息子がいるけど、余所余所しいよ」

「へえ、面白いなあ」

「今度王都の学院に来てみてほしいよ、僕がこんな話し方していたら目が丸くなるんだもん」

よほど嬉しいのか、捲《まく》し立てるように言葉が出てくるオルデン王子。国王様も気さくそうだったけど、逆に周りが委縮するタイプかもしれない。

それはともかく、ブラオが喚くので念のため所持品の検査を受けたけど、二重底のカバンに入っていたダガーには気付かれなかった。それを逆手に取る極悪人もいるんだけどね。

そのまま俺たちはオルデン王子と話しながら食堂に入り、会食の準備が開始されたところで席に着く。お酒やジュース、それに料理が運ばれてくるのを眺めながら、いつ例の話を始めるか思案する。

そこでいつの間にか戻ってきたレッツェルに目を向けたところ、口元にうっすら笑みを浮かべているのが見えた。背筋に寒いものが走り、俺は小声でリューゼに問う。

「……リューゼ、さっきレッツェルはどこかへ歩いていったよな？　あいつが向かった方向には何があった？」

「え？　トイレと……厨房だな」

厨房と聞いて俺はぶわっと冷や汗が全身から噴き出し、椅子を蹴飛ばしながら立ち上がる。

「まずい……！　【簡易鑑定】」

俺は咄嗟に自分の目の前にあるスープに目を細めると――

【鑑定結果】名称：コーンスープ　状態：毒

「やっぱりか……！　〈ファイアアロー〉！」

「ラース様!?」

「な、なんだ!?」

食べ物が入った皿を、俺の指先から出る炎の矢で全て割っていく。

どれもこれも毒毒毒……！　お酒やジュースはその場で開封するから入れられなかったのが

幸いか。そんな阿鼻叫喚《あびきょうかん》の中、ブラオが俺に向かって叫ぶ。

「き、貴様ぁ！　やはりローエンの息子だな、会食を台なしにしおってからに！」

「そうじゃない！　料理に毒が入っている、ブラオ、あんたも死ぬところだったんだぞ！」

「ひぇ!?　ど、どういうことだ!?」

「ラース君……？」

ブラオが尻もちをつき、騎士の後ろに隠れたオルデン王子が不安げな表情をする。

直後――

「く、くっくっく……まさかラース君に見破られるとは思いませんでしたねえ。もしそうなるとしても、国王様御一行の誰かだと思いましたが？」

「レッツェル！　俺がここにいる理由が分かっているようだな。だから行動に出た。料理の毒は見破った、残念だったな」

「まあ、そうですね。しかし毒がないかどうかくらい確認するのは王族として……当然だろう？」

レッツェルの言葉に国王様たちが冷や汗を流すのが見え、大臣のフリューゲルさんが口を開く。

「……確認している。確かに毒が入っていた……見破られると分かっていながら毒を入れるとは……。ブラオ殿の友人と聞いているが、貴様の目的はなんだ？」

フリューゲルさんの言う通り、バレると分かっていて入れる必要はないはず。それに、今言い出さなければレッツェルが犯人だということは気付かれないはずだ。

「そろそろ茶番も飽きてきたし、見事、証拠の毒薬を手に入れたラース君の本懐を遂げさせてあげようかと思ったのさ」

「なんだと……？」

流石に気づかれていたかと思いながら俺が眉を潜めて聞き返すと、レッツェルが笑いながらまさかと思われることを口にする。

「聞いてください、国王様。現領主のブラオは……前領主の長男が２歳の時に殺害しようとした犯人なんですよ」

「なぁ⁉　き、貴様！」

ブラオが食ってかかるが、レッツェルはヒラリとかわし、ブラオは床に転ぶ。もちろん城から来た人たちが黙って聞いているはずもなく、大臣のフリューゲルさんが声を荒げた。

「ブラオ殿、今のは本当か！」

「ち、違う……わ、私は……！」

「ま、そのお手伝いをしたのはこの僕ですがね。どうだい、気が済んだかいラース君！」

ブラオが床で四つん這いになったまま震える声を出し、それを見てレッツェルが笑う。自分から告白するとはさすがの俺も驚いた。妨害は予想していたけど、追い込むなんて……！

「お前……一体何を考えているんだ⁉」

「別に何も？　もっと喜んでほしいね、これでブラオは失脚だ。お礼は……そうだね、ここにいる全員の命でいいよ？」

そう言った瞬間、指の間に何十本というメスを挟んだレッツェルが、本当に嬉しそうに、歯を見せてゆがんだ笑みを見せ——

「シャッ！」

持っていたメスを国王様たちへ投げつけた！

「おのれ、恐れ多い真似を……！」

護衛の騎士たちは、メスを弾くとそのままレッツェルへ斬りかかる。レッツェルは笑いながらテーブルを蹴飛ばしてバリケードにし、さらにメスを国王様たちに投げ続ける。

再び場は騒然となり、国王様たち要人は２人の騎士を盾に出口へと向かう。

自分から告発したのは混乱が目的かと、俺は歯噛みしながらベルナ先生へ声をかける。

「先生はニーナとリューゼを連れて外へ！」

「分かったわ、すぐ戻るからねえ！」

「お、俺も残るって！　引っ張らないでくれよ!?」

だが――

「ああ……!?」

「こっちは通行止めでしてね。先生、皆殺しですか？」

騎士がドアを開けると、そこには白衣を着た女性が片刃のダガーを逆手に持って立っていた。

あいつは病院の受付にいた女だ！

「もちろんだよ、イルミ。彼らの恐怖で歪んだ顔を僕に見せてくれないかな？」

「お安い御用ですよ……ほい！」

「させない……！　〈アクアバレット〉！」

「おっと……！　魔法使いがいるのは聞いていませんよ？」

「くっく、ちょっと計画がね。そこは任せたよ」

間一髪、近くにいたメイドさんに伸びた凶刃はベルナ先生の魔法で弾かれ、死を逃れた。あっちも気になるけど、騎士と先生がいれば大丈夫のはずだ。俺はレッツェルと対峙すべく目を向ける。

「のらりくらりと……！」

「影を斬っているみたいだ!?」

「くっく、騎士の質も落ちましたかね……？　ヒュッ！」

「うぐ……鎧の隙間を⁉」

驚くべきことに数人の騎士を相手にして涼しい顔をしているレッツェル。あいつ、戦闘もできるのか⁉　おかしなやつだと思っていたけど、まさかの強さに驚く。

だけど、それで怯むほどやわな訓練はしていないと、俺はダガーをカバンから抜き、魔法を撃つため手をレッツェルに向けて突撃する！

「騎士さんたち、離れてください！〈ハイドロストリーム〉！」

「げぇ⁉　ラースのやつあんなのまで使えるのかよ……⁉」

先生の得意とする水系攻撃魔法、さらに先生が扱える最強魔法を叩き込む。渦を巻いた水流がレッツェルを包み込んだ。

「くっくっく！【器用貧乏】と聞いていたけど、すごい魔法だね、ラース君！　実は違うのかな？」

「【超器用貧乏】さ！　ただ、相当努力したけどな！　続けて〈フレイムランス〉！」

ハイドロストリームを高く舞い上がらせ、水圧で体の自由を奪い締め上げ、そこへ子供の胴体ぐらいある炎の槍を投げつける。

「やりますねえ！」

爆発を起こし、レッツェルは空中に投げ出された。しかし、焦げながらもしっかり着地して俺に笑いかけてくる。あれを食らってなお笑うとは……!?

「先生!?　このクソ女、どきなさいよ！」

「行かせないって言っているでしょう？　〈アクアバレット〉！」

「くっ、素早い……！」

直接攻撃に切り替えるかと思った瞬間、入り口から先生の声が聞こえてくる。３人がかりでもまだ終わっていないようで、あの看護師もタダモノじゃないことを窺わせる。意識を一瞬レッツェルから切った瞬間、騎士たちの間を縫って、やつは俺へ向かって駆け出してきた。

「あぶねえラース！　どおりゃああ！」

「チッ、邪魔をしないでもらいたいですね……！」

俺に迫っていたレッツェルに、リューゼが落ちていたフォークとナイフを投げつけてくれ、一瞬隙ができた。俺がダガーを構えて踏み込むと、レッツェルも腰からナイフを抜きにやりと笑う。

「真っ向勝負で僕に勝とうなんて甘いですよ？」

「くっ……うあ!?」

ダガーを振るがまるで当たらず、たたらを踏んだところで頬や腕に痛みが走る。い、今、何回斬られた⁉　足を止めるな、俺！　じゃなきゃ殺されるぞ……！

「うおお！」

訓練で何度も対人は経験している。しかし、最初の数回を受けきられただけであとは空振りを繰り返す。レッツェルが反撃をしてこないのは、絶妙に騎士たちも攻撃をしてくれているからで、そうでなければとっくに死んでいたに違いない。

「剣術はまあまあ……やはり魔法が得意かな？」

「まあね……！　〈ファイア〉！」

「む！」

わざと緩い攻撃のダガーを受けさせ、至近距離で圧縮したファイアを爆発させる。さすがにこの距離ならいくらかダメージは受けたようで、肉が焦げる匂いをさせながら距離を取った。

「ぐっ……⁉　ふう……面白い。実に面白いですよ、ラース君！　君をここで殺すのは惜しい……君以外を殺して、絶望する顔を見たくなりましたよ！」

「その前にお前を倒せばいいだけだ！　〈フレイムランス〉！」

「では、本気で行きましょうか」

レッツェルから笑みが消え、フレイムランスをあっさり回避する。

そして次の瞬間――

「あ？　……え？」

「リューゼ君!?」

顔の横を何かが通り過ぎたあと、オルデン王子の叫び声が背後から聞こえたので振り返ると、無防備に立っていたリューゼの首から血が噴き出していた。

「まずは一人、ですね。くく……はははは！」

「貴様！」

「おっと。ほら、貧乏人と蔑んでいた悪友が死にますよ、よかったですね！」

レッツェルが騎士を相手に笑いながら何かを言っていたが、俺は無視してリューゼのところまで駆けて抱き起こす。

「リューゼ！」

「わ、わりぃ……やられちまったぜ……ぜ、全然見えなかった……」

「くそ、頸動脈を一撃で……腐っても医者か！〈ヒーリング〉！」

出血が致死量に達する前に塞げばなんとかなるはずだ！　俺はガチガチと震える口を必死に開けて回復魔法のヒーリングを使う。

「こ、これは助からねぇ……無駄な、魔力は使うな……あいつを……」

「喋んなぁぁ！〈ヒーリング〉〈ヒーリング〉〈ヒーリング〉〈ヒーリング〉！」

まだか⁉　くそ、ヒーリングはそこまで練習していないから深い傷が治らない……魔力が底をついてもいい！　【超器用貧乏】を使い続けていれば強力になるんだろ！

「お、おお！　リューゼ……！」

「ち、父上……ラースのお父さんと……な、何があったのかは知らねぇが……人殺しは……ダメだ……ガキの俺でも分かることを……」

「お、おい、ローエンの息子！　わ、私が悪かった！　頼むリューゼを助けてくれ！　リューゼだけは……あいつに顔向けができん……」

「勝手なことを！　兄さんが死にかけた時に嘲笑っていたのは誰だ！　……だけど助ける、こいつは……俺の友達だ！」

「ラ、ラース……」

青くなっていく顔に笑みを浮かべて目を瞑るリューゼ。まだだ……死ぬなリューゼ！

「いい顔ですよ、ラース君」

「な⁉」

俺の耳元でレッツェルの声が聞こえた瞬間、隣で見ていたブラオの体がぐらりと倒れた。腹部から血を流しながら。

「もうブラオの顔を見たくはないですし、やっぱり親子一緒じゃないとねえ？　さて、それではメインディッシュをいただきましょうか」

「おのれ、狂人め、私を狙うか……！」

「いえいえ、王子だけですよ。子を守りきれなかった国王様……一生苦しむ姿を見せてくださいね？」

「な、なんてやつだ……!?」

まずい!? 俺の復讐どころの騒ぎじゃなくなった！ 国王様とオルデン王子は守らないと！

でも、ベルナ先生は手いっぱい、ニーナは戦えない。あとは騎士たち頼み……。俺がリューゼを見捨てて全力でやれば……そこまで考えて俺は頭を振る。

「そんなことできるか！ くそおお！ どうすりゃいいんだぁぁ！」

「くっく、いい声だよラース君！ では王子、さようなら……！」

「うあああ!?」

「させるか！」

騎士たちが攻撃を仕掛けるがするりと間をすり抜け、オルデン王子に肉薄する。この騒ぎを知っている人はいない。誰にも相談しなかったことが裏目に出た……。俺や国王様は助かっても、王子が死ねば全て終わり……せめてハウゼンさんには言うべきだったのか……？ 俺が諦めかけたその時だった――

「何よ、あんた!?　うあ!?」

「……む！」

王子に迫りつつあったレッツェルの前に大剣が振り下ろされ、それを遮った。後退するレッツェルと王子の前に、スーツ姿の男が割って入る。

「よう、ヤブ医者。ウチの生徒が世話になっているみてぇだな？」

怒りが混じった静かな声。その人は――

「ティグレ先生!?」

「おう！」

「どうしてここへ……」

「生徒がピンチなら助けにくるのが先生だろうが！　……ま、俺だけじゃねぇんだがな」

「え？」

そう言われて耳を澄ますと――

「こいつは私たちに任せて、ラース君を助けてやってくれ！」

「病院がこんなやつらに任されていたとはな……！」

「お願い……！　ここじゃ大きな魔法が使えなくって……！」

「あの声はミズキさんとハウゼンさん!?」

「ティグレ先生、国王様は私が護衛します。全力でやってください」

さらに学院長が入ってくるのが見え、驚いた。学院長は国王様のカバーに入り、ベルナ先生はミズキさんと入れ替わり、俺の下へとやってくる。

「みんな……どうして……いで⁉」

「リューゼにお前の話を聞いていたから張ってたんだよ！　黙って行動を起こしやがって、相談しろってんだ！」

「ご、ごめんなさい……」

「あだっ⁉」

拳骨を落とされ俺が謝ると、ベルナ先生がティグレ先生の足を蹴って激昂していた。

「ケガした子に拳骨はダメですよぅ！　そういうのはあとで！」

「いってぇ……なんなんだ、あんた……」

「わたしはラース君の魔法の先生です！」

「へえ……あんたが……なるほど、先生ね……なら、目的は同じだな！」

「もちろんです！　でもあなたにはあとでラース君を殴ったお説教です！」

「俺は間違ってねぇ！」

「それでもです！」

喧嘩をしながらレッツェルに向かって駆け出す２人。

「茶番は終わりかい？　何人来ても僕には――」

「〈ウォータージェイル〉！」

レッツェルが余裕を決めてにやにやしていると、その隙を見逃さずベルナ先生がウォータージェイルを足にからみつかせる。全身を絡めとらないのは、力任せに引きちぎられるからだと分かっている先生ならでは！　そして！

「話を聞かせてもらうぞ」

「お前は……！」

身動きが取れなくなったところにティグレ先生の大剣が振り下ろされると、レッツェルは転がりながら回避し、騎士の剣を拾うと足を止めたまま斬り合いが始まる。俺がダガーで打ち合っていた音が子供だましと言えるほどの剣撃が室内に響く。

「くっ……」

ティグレ先生の攻撃は速く、重い。ガードしたレッツェルは吹き飛ばされ、ウォータージェイルが引きちぎれるほどの勢いで壁に叩きつけられた。ティグレ先生はレッツェルから目を離さないまま俺に叫ぶ。

「ラース、リューゼはどうだ！」

「血は止まったし、傷も大丈夫……だけどたぶん血が足りない……！　ブラオは見た目ほど深くないから問題ないと思う」

「あとで血を増やすお薬をマリアンヌさんからもらいましょう！　〈アクアバレット〉!!」

「ラース君の魔法の師匠だけのことはあるねえ、鋭い魔法だ……！」

ベルナ先生は普段のぽやっとした感じとは一転し、ティグレ先生の邪魔にならない場所へ的確に位置取りをする。レッツェルが移動した先へ確実に魔法を撃ち込む様子に、レッツェルも思わず褒めるほど鮮やかだった。

「いい腕だな。さて、てめぇをぶっとばして終わりにするぜ、震空撃！」

「速い！　これなら……！」

大剣をあんな風に振り回せるのかと俺は感動を覚えていた。戦う、というのはこういうことなのだと俺は目を見開く。

「鋭い、でも捨て身ならどうかな！」

「チッ、命が惜しくねぇのかヤブ医者！」

振り下ろされる大剣のギリギリを縫って、ティグレ先生の胸を切り裂くレッツェル。

「死ぬのが怖いのは、死ぬ目にあったことがない人間だよ！　ん？　その胸の傷……。ああ、思い出した！　君は〝戦鬼〟か！　ははははははは！　〝アレ〟が先生の真似事とは傑作だ！　僕の医者と同じくらい滑稽じゃないかぁぁぁぁぁ！」

「そう喜ぶなよ、恥ずかしいだろうが！」

〝戦鬼〟とは一体なんのことだろう……気になるけど、俺はブラオの傷を塞ぎ終えると、リューゼとブラオを引きずり、扉の前で固まっているニーナのところへと行く。

「ごめん、ニーナ、２人をお願い」

「ラース様、先生たちが戦ってくれている間に逃げましょう、奥様たちが心配します！」

「……ごめん、発端は俺にあるから逃げるわけにはいかないよ」

「でも……！」

「俺には戦う力がある。そのために5年間、必死に訓練をしてきたんだ。ミズキさんたち！　そっちはどうですか！」

「ラース様……」

ニーナがリューゼを支えるのを見届けながら、３人に声をかける。

「む！　ラース君の声援！　はあああああ！」

「なんなのいきなり!?　〈シャドウネット〉！」

「なんの！」

魔法の黒い網をハウゼンさんのバトルアックスが切り裂くと、イルミはミズキさんに注射器を投げつけて後退。だが、ミズキさんは構わず踏み込んでいく。

「ちぃ……レッツェル先生、私ではこれ以上無理ですよー!!」

「なら大人しく縄につけ！」

「なんで痺れ薬が刺さっているのに怯まないのよ!?」

「こちらにもいるぞ？〈ファイアアロー〉」

ミズキさんの怒涛の攻めに驚く俺。結構……いや、剣の腕はかなりいいと思う。学院長も広範囲でない魔法を駆使し、イルミを追い詰めていく。しかしイルミも防戦とはいえ3人を相手に戦えているとは……何者なんだ？　俺も加わればイルミを拘束できるかと考えた矢先——

「いいですよ、イルミ。先に逃げなさい。僕もすぐに追います」

「よっしゃ！　バイバイ、脳筋貧乳女！」

「待て……！」

ガシャンと、薬瓶を足元に投げるイルミ。割れた瓶から煙が放たれ、嫌な臭いを出す。

「ひどい臭い……なんだこれは……」

「下がってハウゼンさん！　みんな、ガスを吸わないよう注意して！」

この匂いは塩素ガス……！　いわゆる『混ぜるな危険』と呼ばれる、塩素と酸を混ぜた液体から出るガスだ。致死量に達するにはそれなりに吸わないといけないけど、瞬間的に意識を混濁させるには十分な量だ。それを玄関の前に撒かれたので、俺たちは食堂に転がり込む。

するとちょうどティグレ先生とベルナ先生がレッツェルを追い込む瞬間だった。

「断空！」

「〈ハイドロストリーム〉！」

「ぐは……!?」

先生2人の重い一撃を受けて片膝をつくレッツェル。イルミを逃がして切り札でもあるのかと思ったけど、そういう雰囲気はなさそうだ。

「ここまでだな、ヤブ医者」

「くっく……流石に〝戦鬼〟相手では歯が立ちませんかね」

「いや、こいつの魔法のおかげだ。それにてめぇ、避けるのは上手いが戦い方自体はそれほどでもねぇ」

「こ、こいつ!?　あなたにこいつ呼ばわりされる覚えはありませんけど!?　……でも剣の腕はすごかったですよぅ」

「そりゃどうも。それじゃ拘束させて――」

ティグレ先生が手を伸ばした直後、レッツェルがにやりと笑う。

「くく……勝てはしませんが、逃げることはできますよ？」

「なに？」

レッツェルが口笛をけたたましく鳴らすと、庭に繋がるガラス壁が粉々に砕け散り、そこには先ほど逃げたはずのイルミが目を細めて笑っていた。

「はい、ストップ。先生、お待たせ」

「いいタイミングですよ。さ、これでも僕を攻撃できますかね？」

「まとめて潰せばいいだけだ！」

「……!?　待って先生！」

薄暗い庭に立つイルミが捕まえている人影を見て、冷や汗が噴き出した。

「ラ、ラース君……」

「ご、ごめん、ラース……！」

「ルシエールにルシエラ!?　ダンス会場へ行ったんじゃないのか！」

「ご、ごめんなさい……ラース君が気になって追いかけてきたの……そしたら……う……」

「喋らないでね？　動くとこの2人の喉はバッサリって感じだけど、それでも動く？　分かったら先生から離れてくれないかしら？」

俺たちが離れると、レッツェルは素早くイルミの下へ向かう。

「ありがとうございます。持つべきは助手ですね」

「……2人を離せ」

「いえいえ、離したら襲ってくるでしょう？　このまま預からせていただきます。そうですねえ……」

レッツェルが少し思案したあと、ルシエラの首にメスを当てて口を歪めて笑う。

「明日の朝には首だけか、首から下だけが川で見つかるかもしれませんね！　はははははは！」

「ヒッ……」

ルシエラの首筋から血が流れ、ルシエールは涙ぐむ。馬鹿笑いするレッツェルを見て、俺はリューゼのことを思い出し、頭に血が上る。

——だけど冷静に。今やるべきことを遂行すべく、体が勝手に動いていた。何度も何度も繰り返し使い、【超器用貧乏】に馴染ませた俺の魔法を——

「てめぇ……。ん？　おい、ラースはどうした？」

「え？　あ、あれ……いない……。まさか……!?」

「おや、逃げ出し——」

「レッツェル先生!?　うぶ……」

「2人から離れろって言ってるんだ！」

俺はこいつらが瞬きをした瞬間を狙ってインビジブルで姿を消し、レビテーションで一気に近づいた。足音が立たないし、上から攻撃が来るとは思わなかったようで、ダガーで隙だらけだったレッツェルの腕を落とし、返す刀でイルミの腹部にダガーを突き立てるとルシエールたちを2人から引きはがし、ティグレ先生たちの方へ突き飛ばす。

するとレッツェルは目を見開き、残った腕で俺の左肩に深々と剣を突き刺してくる！

「ラースゥゥゥ！」

「……二度も友達を手にかけようとしたな……！　お前だけは許さない！　消えろ！〈ドラゴニックブレイズ〉！」

「あ、あれは古代魔法!?」

微かに驚く学院長の声が聞こえたと同時に、ベルナ先生の家にあった本から学んだ俺の最大火力が2人を襲う。

「きゃあああああ!?」

「イルミ！」

光が包み込む瞬間、レッツェルはぐっとイルミの腕を掴み、遠くへと放り投げた。この土壇場で逃がすのか!?　だけどレッツェルは逃げきれず、竜の顎を模した炎に飲み込まれた。

「お、おおおお!?　……く、くくく……見事……ですよ……！　君の顔、覚えた……ぞ……

ラース＝アーヴィング……！」

光の奔流に飲まれて消えていくレッツェルを見ながら、俺は体をぐらつかせて呟く。

「こ、殺した……俺が……あいつを……う……ごほ……」

俺は人を殺したという事実の認識による気持ち悪さと、魔力が尽きた体が限界を迎え、そのまま意識を失うのだった——。

全ての終わり

「ん……こ、こは……？」

「おお！　目を覚ましたぞ！　ご家族を呼べ！」

「……？」

俺はベッドで寝かされているのだと気付き、首を動かす。

「痛って……」

体を動かそうとして、腕や足に激痛が走る。

窓の外から見える眩しい光、太陽の位置を見ると昼かそれより少し前かな？　そんなことを考えていると、遠くからバタバタした足音が聞こえ、部屋の扉が開く。

「ラース！」

「あ、父さん母さん……それに兄さんも……」

「『あ』じゃないわよ！　収穫祭の日にあんたが領主の屋敷で倒れたって聞いて行ってみたら傷だらけで倒れているし……うう……よかった……」

「……ごめん、心配かけて。国王様やオルデン王子は……無事だった？」

「ふう……自分も相当重傷だったのに……まあ、国王様を守ろうとしたのは偉いが、お前が倒れたあと大変だったんだぞ――」

泣き崩れた母さんに代わり、父さんが経緯を話してくれた。

――まず、会食を惨劇の場へと変えたレッツェルは俺の魔法で跡形もなく消滅した……ということになっている。なぜかというと遺体が見つからず、助手のイルミはレッツェルに投げられたあと、行方不明。町の中に血の跡があったが、川辺で血の跡が途切れており、それ以上追跡はできなかったらしい。

「そうだ……リューゼやルシエールたちは無事……？」

「それなんだが……」

不意に父さんの顔が曇ると、眠たげな俺の頭が一瞬で覚醒する。

「もしかしてリューゼが!?」

増血薬が間に合わなかったのかと、俺は頭だけを浮かせて父さんに叫ぶ。するとその直後、扉が開く。

「おおおお！　目が覚めたかラーーーース！」

「うわあああああ!?　でたあああああ!?　……って、生きてる？」

「よかった！　俺が助かってお前が死んだらどうしようかと思った！　お前の兄ちゃん超こえ

えし、ノーラも笑顔で火を飛ばしてくるしよ⁉」

するとずっと黙っていた兄さんがティグレ先生みたいな顔で、俺とリューゼに口を挟む。

「……ベルナ先生とニーナに聞いたよ。ラースが父さんと母さんのために、領主に戻すため奮闘していたのに、僕は気付かず呑気に遊んでいた。どうして相談してくれなかったんだよ……僕がブラオさんに殺されかけたなら、僕が復讐するものだろう？」

「……成功しても失敗しても、俺は家に戻れなかったかもしれない。子供が2人ともいなくなるのは良くないと思って……あが……⁉」

「あなた⁉」

そこで俺は頭に衝撃を受け、目の前がチカチカする。目を開けると見たこともない顔で怒っている父さんが握り拳を作って立っていた。

その迫力に俺はポカンと口を開けてただ見つめるしかない。父さんはしばらく俺を睨んでいたが、すぐに泣きそうな顔で俺の頭を抱きかかえるように包み、やさしく言う。

「どっちかとか関係ない。子供が死んでしまったら親は悲しいんだ。俺たちのために行動してくれたとしても、お前がいなくなってしまったら、きっと俺たちは死ぬまで後悔をするはずだ。なんで気付かなかった……気付いてやれなかったのかってな」

父さんの言葉が胸に刺さる。家族のための復讐……そして父さんを領主に戻すための行動だった。俺は良かれと思ってやってきたけど、逆の気持ちは考えていなかったことに気付く。もし兄さんが同じことをしたら？　……俺もきっと怒るに違いない、と。そう考えると、急に胸が痛くなり、俺は子供らしく泣いた。

「ふぐ……っく……ごめん……ごめんなさい……俺、父ちゃんや母ちゃん、それに兄ちゃんが大好きなんだ……だからブラオが許せなくて……ひっく……」

俺はしばらく泣き続けた。前世から考えてもこんなに泣いた覚えはない。体と精神が近づいたのか。俺が前世の呪縛から解かれたのか……それは分からない。

母さんが頭を撫で、兄さんが手を握ってくれたりしてくれようやく落ち着くと、リューゼが口を開く。

「ラース……ごめんな、父上が……おじさんも、兄ちゃんも……」

「リューゼ君がやったわけじゃないし、君が気に病むことはないよ」

「僕もなんとか元気だしね」

「……俺も気にしてないよ。それより、お前の方が大変だろ？」

「へへ、まあな。父上はギルドに拘留されちまった……裁判までしばらくこのままだ。でも、いいこともあったんだぜ？」

「いいこと？」

家は取り上げられ、父親は拘留。それでいいことがあるだろうか？

「……ああ、騒ぎを聞きつけた母上が俺を迎えに来てくれたんだ。収穫祭のあの日、父上と俺のことで話をするつもりだったんだってよ」

「へえ……！　それは本当によかったじゃないか！　……俺のわがままでお前には迷惑をかけたな」

「気にするなって。領主なんて堅苦しいのより、冒険者の方が俺には合っているしな。……それに、刺された父上も助けようとしてくれたって聞いたぜ？　憎い相手だろうに、俺ならたぶんできねえ」

「死んで楽になるのは違うと思っただけだよ……」

——そうじゃない。俺は人が死ぬのを見たくなかっただけだ。だからブラオとレッツェルは捕らえるつもりだった。だけど——

「う……」

「どうしたのラース？　デダイト、お医者さんを呼んできて！」

「うん！」

「だ、大丈夫……ちょっと気分が悪いだけだから……」

「無理をさせたかな。すまない、ラース」

「ありがとう父さん」

そこへ、さらなる来客が現れ声を上げる。

「あー！　ラース君が起きてるー！」

「よかった……！」

「……」

「あ、ノーラにルシエール、それにルシエラじゃないか。はは、さっき目が覚めたよ」

「1週間も起きないから……私、心配で……あの変な人たちに捕まって、ラース君が魔法を使って倒れたのは私たちのせいだってお姉ちゃんが……」

1週間だって!?　肩の傷よりも魔力が尽きて昏倒していたって感じかな？　そんなことを考えていると、ルシエラが動揺した声を上げる。

「ちょ!?　……わ、悪かったわよ……私たちがあんなところにいなかったらラースは全力を出さなくてよかったかもしれないし……追いかけようって言ったの、私だし……」

ごにょごにょと言い訳を言うルシエラ。俺は目を閉じ、ため息を吐いて返す。

「いいよ。２人を捕まえたことであいつらが逃げ切れると油断したとも言えるしね」

「ありがとう、ラース君。本当にごめんね？」

「そ、そう？　それじゃ……お礼、ね？」

「え⁉　ちょっとお姉ちゃん何をする気なの⁉」

「な、なら、ルシエールがしなさいよ！」

「わ、分かった……！」

瞬間、頬に何かが触れ、

「あー‼」

と、ノーラが叫んだ。え？　なに？　どうしたの？　気になって俺が目を開けると、顔を赤らめたルシエールがもじもじしていた。

「ふう……これで少しは……」

「もうお姉ちゃんなんか嫌い！　それにお姉ちゃんはデダイト君が好きなのになんでラース君にちゅーをしようとしたの！」

「「え⁉」」

「え⁉　ちょ、ちょっとルシエール⁉　ごめんって！　ラースとあんたをくっつけるために――」

ルシエールの言葉に兄さんとノーラが揃って声を上げる。それでもルシエラはガクガクとルシエールの肩を揺らして何やら弁解を続けていた。いろいろと爆弾発言が飛び出す中、ルシエールの言葉が気になり、俺はリューゼに尋ねる。

「なあ、もしかしてさっき頬に触れたのって……」

「うるせえ！　寝てろ、バーカ！」

「うーん、ラースは起き上がれるようになってもまた入院するんじゃないかなあ……」

なぜかリューゼに怒られ、父さんから呆れられた。なぜだろう……。

そして、さらに3日ほどベッドの上での生活となり、その間クラスメイトや両親、兄さんが見舞いに来てくれた。その中にはもちろん先生たちもいたんだけど――

「担任の先生なら、ラース君に無理をさせないようきっちりとどめを刺してほしかったですぅ！」

「お前も頑張ればよかったろうが！」

「『お前』なんて言われる筋合いはないってこの前言いましたぁ！」

「あー言えばこう言う……面倒くせぇ女だな！」

「ふん！」

――という具合に、ベルナ先生とティグレ先生は顔を合わせると必ず言い争いを始めるのだ。

どっちも俺の先生だし仲良くしてほしかったけど、入院中にそれは叶わなかった。ちなみにベルナ先生とニーナも計画を黙っていたことに各方面から相当怒られたようで、目が覚めて最初に顔を合わせた時はとても小さくなっていたっけ。

そして現在、退院後の初登校なんだけど、話があるからと学院長室へ来るよう言われていたのでそっちへ向かう。

「お、来たかラース、こっちだ。ご両親は？」

「すぐ来ると思います」

出迎えてくれたティグレ先生の案内で席に向かうと、そこには信じられない人物が先に座っていて、俺に笑いかけながら口を開いた。

「やあ、ラース＝アーヴィング君。待っていたよ」

「こ、国王様!?」

俺は驚き、慌てて膝をついて頭を下げる。すると国王様は笑いながら言う。

「はっはっは、気にしなくていいぞ。ここは権力を行使できないらしいからな？」

「これは手厳しい。ですが、その通りですな」

「お前らしいルールだな、リブレ」

気さくに話している2人を尻目に、今度は見知った顔が俺に声をかけてきた。

「よう、ラース。元気そうだな？　……ったく、ブラオの息子と2人だけで成し遂げようとするなんてなあ。ローエンさんに似て冷静なやつかと思ったんだがな」

「ごめんなさいハウゼンさん。みんなを巻き込みたくなくて黙ってたんだ……」

「馬鹿野郎が、事情は知ってるんだ、お前の味方をしないわけないだろう。……無事でよかった。でも！　次からは俺に言えよ？」

「そうするよ。嫌って言っても手伝ってもらうからね？」

そう言って返すと、目を丸くしたあとに肩をすくめるハウゼンさん。それにしてもあの時の主要人物が勢揃いかな？　一体なんの話があるのかと思っていると、父さんと母さん、そしてベルナ先生が入ってきた。

「お待たせして申し訳ございません。ベルナさんを迎えに行っておりまして」

「ラースの母、マリアンヌでございます」

「わ、わたしはベルナです」

ティグレ先生がすかさず横槍を入れる。

「……ガチガチじゃねぇか」

「！」

「いてぇ!?　何すんだ！」

「ふん！」

あーあ、相変わらず仲悪いなあ……父さんと母さんが俺を挟むよう座り、母さんの隣にベルナ先生が座ると、国王様が頷き、話し始めた。

「まずは、ラース＝アーヴィング。この度のお前の働き……正直褒められたものではない」

「……はい」

やっぱりこういう話だったか……。戦闘になったのは不可抗力だけど、直接命を狙われたわけだし、それも仕方ないことだと思う。処罰は甘んじて受けるつもりだ。

「だが、ブラオ＝グートの陰謀を暴き、町に潜む悪党という言葉も生ぬるい悪魔のような医者を倒したことは称賛に値する。よって、私とオルデンを危機にさらした罪は相殺してやろう」

「え!?　で、でも、結構危なかったですけど……」

すると国王は目を大きく開けて『嬉しくないのか？』という顔をし、すぐに笑みを浮かべた。

「はっはっは！　私は国王だ、命を狙われることがないわけではない。それに私とて鍛えていないわけではないぞ？　それにお前がことをなそうとしなくても、あの男は何かしでかしていた可能性は高い」

「え、ええ……」

一理ある。けど、いいのだろうか？　俺が困惑しているのが分かったのだろう、国王様がもう一つ、と話をしてくれる。

「それとな、オルデンが帰ってから人が変わったように勉学と剣を学びたいと言ってきたのだ。

同じ年のお前があれほどの力を持っていたことで火が付いたようだ。のらりくらりとしていたオルデンにやる気を起こさせてくれただけでも価値がある」

そう言って笑う国王様。俺に気を使わせないように言ってくれているのだと思うと、この国王様は良い人だと思う。そこで学院長が口を開いた。

「国王様、そろそろ次の話にいかれては？」

「おお、そうだな。次に、領主のことだが、当然ブラオには降りてもらう」

そう仕向けたのだから、これは当然か。リューゼには悪いことをした……今後、あいつにはいろいろとサポートしてやらないとね。それが罪滅ぼしになればいいけど。

「次の領主は選挙をする……予定だったのだが、領主になりたい者はこの町にはおらぬとのこと。そこで、ローエンよ、戻る気はないか？」

「……!?」

俺は驚き目を見開く。だけど、問題は――

「国王様直々にそう言っていただけるとは……ありがとうございます。しかし、領主になるために必要な財産は私共にはありません。申し訳ありませんが、ここは辞退したいと思います」

――そう、お金の問題だ。俺の貯金はあるけど、家にお金はほとんどない。

「ふっふっふ……」

父さんが話を終えたあと、ハウゼンさんが不敵な笑みを浮かべて立ち上がる。

「その心配は無用だ！　ここに１０００万ベリルある！　町の人からの寄付、それとブラオとあのクソ医者がローエンさんから巻き上げた金額も入れて、だ。手続きを踏んで回収しておいたぜ！」

「「ええええええ!?」」

本当に!?　いや、確かに詐欺にあったようなものだからお金が返ってくる可能性はあるけど、まだ残ってたのか……。

「あの医者、かなり貯め込んでいたぜ？　……医者に金持ちが多いと聞くが、あれは多すぎる。金には全く興味がなかったみたいで、正直、気味が悪いくらいだ」

「おかしな男だったからな。苦痛にゆがむ顔を見るのが好きだったとかぬかしていたぜ」

ティグレ先生の言葉で部屋が静まり返る。俺ももう相手をしたいとは思わない。そこで咳払いをして国王様が口を開く。

「……というわけで、ハウゼン君がどうしても君をというのだ。もちろん、町民の了解は得ている」

「しかし……私は子供のために私財を投げ打ち、領主を降りたんですよ？　それは町のみんなを苦しめることになりかねないと分かっていて……」

「過ぎたことは言っても、な。自分の子のためにできることをするのは親として当然だろう？……あんたに世話になった人はそんなこと思っちゃいねえよ。ブライオン商会も出してくれたんだぜ」

「ソリオが……？」

ブライオン……って確か、ルシエールの家だった気がする。父さんを避けるようにしていたけど、お金を出してくれたのか……。

「ブラオに脅されていたと告白したよ。ま、ラースが姉妹を助けたってのが大きいみたいだけどな」

「そうか。ソリオ……」

父さんとブラオとソリオの3人には何かあったのかもしれないな。父さんはハウゼンさんに笑いかけられると、力強く頷いた。

「……分かりました。そこまで言われて及び腰になるほど衰えてはいません。国に貢献できるよう、務めさせていただきます」

「あなた……よかったわね、ラース」

「うん……」

できるなら俺の手で。そう思っていたけど、やはり全て一人で行うには限界があることを悟る。中身が年を食っていても、前世で一人ぼっちの人生がここで影響を及ぼすとは思わなかった。これからはもっと周りを頼ろう、そう心に誓う。

するとと学院長が手を上げて、俺たちへ喋りだす。

「さて、詳しい話は後にして、今度は私から頼みたいことがあるんだがいいかね？」

「頼みたいこと？　俺たちにですか？」

「近いけど、少し違う。お母さんの隣にいる……ベルナさんといったかな？」

「は、はい!?」

急に名前を呼ばれて少し眠そうなベルナ先生が飛び上がるように叫ぶと、ティグレ先生がにやにやと笑う。

「寝てんじゃねえっての」

「ね、寝てないわよぅ！」

「ウトウトしていたくせによ」

「す、スケベ！」

「ベルナ、国王様の前でケンカしないの」

「ティグレ先生も口を慎みなさい」

「も、申し訳ねえ……」

学院長の喝でしゅんとなる2人に、学院長は苦笑して話を続ける。

「それで、ベルナさん。もし良ければ我が学院で教師として働いてもらえないだろうか？　望むなら学院内の宿舎を提供してもいい」

「え!?」

「ふえええ!?」

俺は今日何度目になるか分からない「え!?」を口にする。もちろんベルナ先生も寝耳に水のようで、ガタンと立ち上がってから叫んでいた。

「わ、わたしが、ですかぁ？　薬草とお花畑と魔法しか取り柄がないんですけど……」

「いやいや、あの時見せてもらった魔法は申し分ない実力。それに、ラース君の魔法の先生と聞いています。ラース君があそこまで魔法を使えるのは、あなたの教えのおかげだと見ますがね」

「あ、あれはラース君の【超器用貧乏】のおかげです。わたしは少し背中を押しただけですようぅ」

ありゃ、最近自信がついてきたと思ったけど、昔の喋り方に戻っちゃったなあ。国王様の前は流石に緊張するよね……。

「超？　うむ、ラース君のスキルが【器用貧乏】だということは知っている。ハズレだと言われているのに、あそこまで鍛えたのは自身の努力と先生の力もあったと私は思うのだ。どうだろうか？」

「う、うう……」

顔を真っ赤にして呻《うめ》くベルナ先生に、俺は言う。

「ベルナ先生は教えるのが上手いし、楽しく教えてくれるから向いていると思うよ。俺もベルナ先生じゃなかったらここまで頑張れなかったかもしれないしね。学院にベルナ先生がいたら俺も嬉しいよ？」

「ラース君……」

ベルナ先生は俺の言葉を聞いて目を瞑る。みんな黙って見守っていると、目を開けたベルナ先生は、先ほどのように困惑した目ではなく、決意をした目に変わっていた。

「わ、分かりました。お受けします！」

「おお、そうか！　優秀な魔法使いを獲得できた！　ティグレ先生、よくやってくれた」

「い、いや……」

「え？　あ、あなたが？」

「うむ。ぜひにと言っていたのだよ。確かに私も目の当たりにしてすごいと思っていた。そこでティグレ先生がマリアンヌさんに頼み込んで連れてきてもらったのだ」

「あはは、実は知ってたのよねー」

「母さん……」

俺が呆れていると、ベルナ先生が母さんとティグレ先生にぺこりと頭を下げて着席する。山の家はそのままにしたいからと、家から通う形にするのだそう。そして国王様が再度場を仕切る。

「しかし、ベルナさんの顔、どこかで見た気がするのだが、昔お会いしたことはないだろうか？」

「ふぇ!?　い、いいえ、会ったことはありませんですよぅ……」

国王様が不意にそんなことを言い、ベルナ先生が慌てて否定する。ずっと俺たちと一緒だったし、誰かと勘違いしているのかな？

「そうか？　まあ、よいか。さて、では残りの件についてだが、まずブラオはローエンの恩情があり、極刑はなし。５年間、王都の牢獄で過ごしてもらうことになった。リューゼは母親が引き取り、領主邸から住宅街へ引っ越すことが決定した。彼は引き続き学院へ通う」

「ほ、本当、ですか！　よかった！」

もしブラオが極刑なら俺は進言するつもりだったたから、これは僥倖《ぎょうこう》だと思う。ブラオには罪をしっかり償ってほしい。何より、リューゼのために。

俺が涙を流していると、次にそれが引っ込むくらいの言葉を国王様が発言し、場が静まり返った。

「もう一つの案件は……ラースよ、お前、王都に来ぬか？」

その言葉でみんなの視線が俺に集中する。先生たちは微笑みながら頷き、国王様は笑みを絶やさない。

「……ラース、私はあなたの意志を尊重するわ。寂しくなるけど、これはとても名誉なことだし、ね」

「俺は……お前が国王様に認められたことが誇らしい。【器用貧乏】というハズレスキルでありながら、王都で国王様のために働くのはとてもすごいと思うよ。寂しくなるけど」

父さんと母さんは肯定派みたいだ。でも２人揃って寂しくなるっていうのは正直すぎて苦笑してしまう。でも、俺は国王様に言われた時、既に決めていた。

「——俺は……王都には行きません。申し訳ありません」

「……むう、理由を聞かせてくれるか？」

国王様の言葉に俺は頷くと、考えていることを告げる。

「俺はまだまだ未熟です。良かれと思ってやった今回のことですが、両親や他の多くの人を心配させる結果になってしまいました。力があるのはすごいことです。ですが、使い方を間違ってしまうと恐ろしいことになると気付きました。一歩間違っていれば、リューゼやブラオ、王子や国王様が死んでいたかもしれない。そんな俺が王都に行く資格はないと思います」

俺は今回の件で、【超器用貧乏】がものすごいスキルだということに溺れていたと思っている。

結局のところ、計画外であるティグレ先生や学院長、ハウゼンさんが来てくれなければどうなっていたか分からない。それもリューゼがティグレ先生に言ってくれていたおかげであり、俺がやったことは証拠を手に入れて引っ掻き回しただけだ。

できたことと言えばレッツェルを倒せたくらいだろう。アレのインパクトがすごかった故のスカウトだ。思い返せば、一人では……ほとんど何もできていない。

なぜ力があるのにこうなってしまったのか？　……それはきっと前世の部分に起因していると思う。俺は友人もおらず、一人で何もかもを背負い込み、黙々とこなしていく男だった。

弟は人に頼らずできるのにお前にはそれができないのか？　そう親に言われて生きてきた俺が『人に頼る』というごく自然なコミュニケーションができなかったせいなのだろう。

だから――

「今回の件は功績じゃないんです。むしろ失敗というか……。だから今は、学院でみんなと一緒に勉強し、競い合ったり、悩んだりして過ごしたいんです」

俺がハッキリとそう言うと、黙って聞いていた国王様は再度唸り、目を開けてから俺をじっと見る。やがてため息を吐き、肩をすくめて言う。

「ふう……お前、本当に10歳か？　子供なら王都に来いと誘えば二つ返事で来るものだぞ。しかしその心意気、受け止めよう。……だが『今は』と言ったか？」

「はい。俺が学院を卒業する15歳になるその時、国王様のお役に立てると思えば王都へ向かいます」

「うむ。それが聞ければ十分だ。まあ、オルデンもいるし、遊びに来てくれて構わんからな」

「そんなことを言って、そのまま帰さないなんてことをしないでくださいよ、国王様？」

「リブル、お前本当に昔から一言多いな……」

「学友として釘をさしただけですよ」

「!?　学院長って国王様のお友達なんですか!?」

「ふっふっふ、国王様は悪ガ……」

「や、やめんか馬鹿者!?」

学院長と国王様がまさかの同世代友人だったとは……それに国王様が暴れん坊で、学院長がストッパーで苦労していたって感じかな？

「では、立派に育ててくれることを願うぞ、アーヴィング夫妻」

「は、必ずや」

「お任せください！　とは言っても、私たちは見守って、褒めて、叱るだけですけどね」

父さんと母さんの言葉に満足すると、国王様は顎に手をあててから話しだす。

「それにしてもハズレだと言われている【器用貧乏】で、あそこまでの力を発揮できるとはなあ。リブレよ、どうしてこれがハズレなのだ？」

「【器用貧乏】というのは、『なんでもできる代わりに他のスキルが劣化したような能力しか発揮できない』と記されていましたな。ラース君が特別なのか、他に秘密があるのか。ラース君の前はどこかの王族が授かったとありましたな」

「ふむ、思い出したぞ。その男は何者にもなれず、国を追放された……。文献に残しているのは意地が悪いが、それほど使えなかったと考えるべきか？」

「当時は王族に落ちこぼれがいるのを嫌っていた時代ですしね。その男に関わらないようにさせるため、あえて言いふらすというのは考えられるかと」

王族……なるほど、１００年に1回しか授からないようなレアスキルだとあの司祭さんが言っていたから、レアだからみんな伝わっているのかと思っていたけど、王族が触れ回っていたなら『使えない』と信じる人の方がきっと多い。

なら、この10年使ってきた俺の意見を国王に伝えてそれを払拭《ふっしょく》することはできないだろうか？

「横から口を挟み申し訳ありません。当事者の私としてはこのスキル、『扱いが難しい』と思います」

「続けてくれ」

「ありがとうございます。このスキルは何をするにしても相当な努力が必要なのです。魔法一つとっても、最初は同時期に習得した兄とほぼ同じレベルか、むしろ劣っていました。しかし、何度も同じことを繰り返すことで上達し、ここまで来ました。

私が思うに【器用貧乏】とはなんでもできる代わりに成長の遅いスキルではないか……貧乏暇なし、という言葉がありますけど、器用貧乏にも『貧乏』という名がついているのは、きっと暇がなくなるくらい努力をしろと言いたいのかもしれません」

たぶん、本来の器用貧乏とはそういうものなのだと思っての発言だ。

これはこの世界に来てから考えたことだけど、なんでもできるけど一番になれないのは『その中からやりたいことを見つけろ』と言ってくれているんじゃないかと思う。

「面白い考察だな。もしそうであれば追放した王族は見る目がなかった、というわけか」

「いえ、そうとも言えません。本当に努力が必要なので、自分にはできないと思って折れてしまえばそこまでなのですから。だから私は追放されたというその人のためにも……このスキルを磨いてハズレではないことを後世へ伝えられればと考えます」

俺がそう言って笑うと、その場にいた全員から拍手が起こった。

そこで会議は終わり、国王様は城へ帰るため学院をあとにし、ベルナ先生はティグレ先生と学院長に連れられ教員室へ行き、父さんたちも家へと帰る。

……いつか【器用貧乏】を授かる人のために頑張ろうと誓い、クラスへと向かうのだった。

◆◇◆◇◆

2時間目から合流した俺。みんなはリューゼから何かを聞いたようで妙にそわそわしていた。

そして昼休みになると――

「くっ……急がないと……！」

「お、俺も！　リューゼは……弁当だと……!?」

今日も慌ただしくクラスを出ていくマキナとジャック。リューゼはというと――

「よし！　飯食おうぜラース！　俺も今日から母ちゃんの弁当だ！」

「あ、そうなんだ。引っ越しは終わったのか？」

「そうだなー。もうちょっとしたら領主邸は明け渡すみたいだ。食堂はめちゃくちゃだけどな！

今は母ちゃんと住んでいる家から通ってるんだ」

そう言って笑うリューゼ。ブラオがあんなことになったというのに明るいなと思う。そこへ
兄さんがやってきた。

「やあラース、話は終わったんだね？」

「うん。ルシエール、こっちにずれてもらっていい？　ノーラの隣に座ってもらうから」

「うん、どうぞお兄さん」

ルシエールが俺にぴったりくっついてきて少し照れる。ま、いいかと弁当を広げていると、兄さんが口を開く。

「どんな話だったの？」

「んー、なんかベルナ先生がここの先生になるって話。それと、俺に王都へ来ないかって」

「え……」

直後、クラスが騒然とし、椅子と食べ物を持ってみんなが俺の周りに集まってくる。聞きたいのか……というかそんなに聞き耳を立てなくていいのにと思っていると、ノーラとルシエールが泣き出した。

「ラース君、出ていっちゃうのー……？」

「ま、まだ助けてもらったお礼もしていないのに……」

「ちょ、ちょっと待って!?　大丈夫、俺は王都に行かないって！」

「え、そうなの？」

「マジか……お前なら王都でも十分やれると思うんだけどなあ」

俺の力を目の当たりにしているリューゼが卵焼きを口に入れながらそんなことを言う。俺は2人をなだめつつ、経緯を説明した。

「――というわけで、学院を卒業するまではみんなと一緒だ。まあ、リューゼの親父さんを陥れるようなやつだけど、これからも頼むよ」

「よかったぁー！　王都に誘われたら絶対行くよねって話してたからオラどっきりしてたんだー」

俺がここへ来る前にそんな話をしていたらしい。そのため、騎士を目指すマキナと、王都で踊り子兼役者を目指すヘレナは興奮気味だったそうだ。

「もし行くって言ってたら……アタシ彼女だって言ってついて行ってたかも？　キャハ♪」

「国王様に迷惑かけるわけにはいかないからたぶん連れて行かないけど……」

「ひどくない!?」

「でも、僕、そんなすごいラースと一緒に勉強できるのは嬉しいかも。今度、いろいろ教えてよ」

「ああ、もうバレちゃったし、俺に分かることなら教えるよ」

するとみんなは満面の笑みで喜び、ハイタッチをするなどで盛り上がる。

そこで入り口がガターン！　と、激しい音を立てて開き、息を切らせたマキナが入ってくる。

後ろには膝から崩れるジャックも見えた。

「はあ……はあ……は、話を聞きにきたわ！」

「いや、今ちょうど終わったところだけど……」

「えええぇー!?」

「も、もう一回話をしてほしいかも！　わたし、ラース君と依頼を受けたい……」

がっくりと項垂《うなだ》れるマキナを見て苦笑し、離れたところで聞いていたクーデリカが謎の主張をしてルシエールやマキナがそれを牽制していた。

マキナとジャックのために同じ説明をしつつ、そういえばルシエラが来なかったと思いながら昼休みが終わる。

ブラオを陥れたとしてもう少し敬遠されるかと思ったけど、リューゼとクラスメイトたちがいつもと同じ接し方をしてくれたのは素直に嬉しかった。

「そんじゃまたな！」

「ああ、また明日！」

「じゃーねー♪」

「ギルドに行く時は言ってね！」

というわけで放課後。今日はギルドへ行かず兄さんと真っすぐ家へ帰る。ノーラは孤児院のお手伝いがあると言って途中で別れたので珍しく2人だけの下校だ。そして――

「ラースはすごいなぁ、王都に呼ばれるくらい強くなったなんて」

「でも今回は間違っていたって反省しているんだ。焦っていたのかな……もっと大きくなってからでもよかったんじゃないかって」

「ううん。僕はそうは思わない。それこそ卒業するまで待っていたら、リューゼ君と友達になることはなかったと思うし。きっかけはティグレ先生だったみたいだけど、ラースが波風を立てないで過ごしていたら嫌な態度を取り続けていたかもしれないしね」

「兄さん……」

意外でもなんでもなく、兄さんは頭がいい。俺を気遣っての発言だとは思うけど、そういう可能性も間違いなくあったはずだ。

「まあ、もう無茶はしないよ。兄さんや父さんたちに相談する」

「そうしてよ。僕にできることは少ないかもしれないけどさ」

「そんなことないと思うよ？　学年首席は十分すごいと思うし」

俺たちは笑いながら丘を歩く。ベルナ先生の家に行くことはあるだろうけど、もうこの道を通学することがなくなるのは少し寂しい気もする。

そんなことを考えながら家へ入ると、玄関で大きな荷物を持ったニーナと遭遇する。

「デダイト、ラース！　ニーナを掴まえて!!」

「ええ!?　兄さんそっち！」

「うん！」

「あ、お二人とも離してください!?」

大荷物を持っているからすぐに逃げられないニーナを俺たちが抑えていると、母さんがバタバタと近づいてきてニーナを自分の方へ向かせて喋りだす。

「なんで訴えてください、なんて言い出すのよ！」

「さっきも申し上げた通り、わたしはブラオのスパイだったんです。ラース様も退院されたし、もうお世話は必要ないでしょう」

ニーナがそう言い、俺は抑えながら母さんへ話す。

「俺が頼んだんだ、ブラオへの告発を手伝ってくれって」

「当然だと思ったからですよ……そんなことで、この10年をなかったことにはできません……」

「でも、脅されていたんだし仕方ないよ。それに5年前にブラオの言いつけをやめたんだし、俺はもういいと思うけど……」

「ラース様……罪は罪。わたしは償わなければならないんです。訴えてもらって構いません。ですが、一度だけ家に帰らせてください……お母さんに伝えないと……決して逃げませんから」

ニーナが笑いながら泣きだし、それでもと言う。俺は他にかける言葉がないか探していると
――

不意に母さんがぎゅっとニーナの体を抱きしめ、その後、パァン！　と、ニーナの頬を力いっぱい引っぱたいた。あっという間に赤く腫れ上がり、母さんが本気で叩いたのだと分かる。

そしてもう一度そっとニーナを抱きしめて――

「いいのよ……もういいの。全部終わったことなのだから、ね？　あなたは私たちが不利にならないよう動いてくれていた。デダイトの毒殺にも関与はしていないんでしょ？」

すると今度は父さんがニーナの肩に手を置いてやさしく微笑み、言う。

「君はちょうどその現場を見てしまい、黙っていなければ親御さんを殺すと言われたんだね？　君も被害者だと俺は思う。ブラオは捕まり、君を縛る者はいなくなった。終わったことはいいじゃないか。俺たちは君に、ここにいてほしいと思っている」

父さんの言葉に、俺と兄さんは顔を見合わせて頷き、わざと大きな声で言う。

「あーあ、ニーナがいなくなったら部屋の掃除は誰がやってくれるのかなぁ」

「僕たちの着替えも、母さんじゃどこにあるかきっと分からないだろうね」

「わ、わたし……いいんですか……ここにいても……大好きな皆さんと一緒に……暮らし――」

「……いいの。あなたがここにいたいと思ってくれるならね」

「わ、わだじ……う、うわあああああああ」

ニーナは母さんに抱きついたまま大泣きし、母さんが背中をやさしく叩いていた。

落ち着いたニーナは、「領主邸に戻ったらまたよろしくお願いします」と俺たちに頭を下げて出ていくのを思い留まり、リビングへと歩きだす。

「あ、ラース様」

「なんだいニーナ？」

「お部屋は自分で掃除した方がいいですよ？」

「うへ……やぶへびだ……」

目を赤くしたニーナに苦言を呈されるというオチがつき、みなで大笑いするのだった。


――こうして、俺が果たそうとした復讐を巡る全ての因果は幕を閉じた。

俺の家族のように良いことに繋がったこともあれば、リューゼから父親を奪ったという結果もあった。迷惑をかけた分、俺はみんなが困っていれば必ず協力すると心の中で誓う。それが今回の罪滅ぼしになればと。

そして、父さんが領主に戻ることで、俺たちはこれからどういう生活になっていくのだろう？

期待と不安が入り混じる中、俺はゆっくりと眠りについた――。

外伝　古代魔法は難しい？

「失敗……難しいな……」

「ふふ、古代魔法はラース君でも難しいわねぇ。さ、魔力もかなり使ったでしょう？　今日は休憩しましょう」

　そう言って家の中へ入っていくベルナ先生。古代魔法の習得許可をもらってしばらく経つが、結果は先ほど呟いた通り、古代魔法〈インビジブル〉に失敗していた。

　もともと、習熟するのは40歳くらいになるまで難しいので簡単にできるとは思っていない。

　ただ、嬉しくて調子に乗って使った〈レビテーション〉は1メートルくらいまでは浮けるようになったので、やはり【超器用貧乏】の能力は規格外と言える。

　なので、もっと練習をしたいけど古代魔法は消費魔力が激しく、1日で使える回数がとても少ないためなかなか習熟度が上がらない。

「レビテーションは比較的消費が少ないけど、インビジブルは魔力をごっそり持っていかれるよな」

　俺がベルナ先生の紅茶を飲みながらそう呟くと、ベルナ先生がくすりと笑いながら口を開く。

「インビジブルは便利だから簡単に使えないようにしているのかもしれないわねぇ。ほら、誰かのお家に忍び込んだり、お風呂を覗いたりとかできるじゃない？　犯罪に使えるからだと思うわ」

「確かに姿を消すのはいろいろな意味で使い道があるからなあ」

「うんうん。でも、ラース君ならレビテーションを習得したし、すぐ覚えられるわよぅ」

ベルナ先生がそう言って笑う。まあ、急いで覚える必要はない魔法だし、問題ないかと納得して帰路につく。

こんな調子で俺はブラオに痛い目を見せるため、兄ちゃんやノルトを差し置いて訓練に励んでいた。

古代魔法を使えるようになったものの、主に訓練するのは攻撃魔法で、古代魔法は時間と魔力が余ったら、ということになっている。だけど、ベルナ先生は口調とゆるふわな性格の割にスパルタ教育なので、実は古代魔法を使う機会は少ない。なぜなら攻撃魔法や生活魔法で魔力が尽きるギリギリまで訓練をするからだ。

そんな生活を続けていたある日のこと、俺はいつものようにベルナ先生の家へと足を運び玄関をノックする。

「こんにちは、ベルナ先生。訓練に来たよ」

いつもならやさしい笑顔で出迎えてくれるベルナ先生だけど、今日はなんの返事もなく、出迎えもなかった。

「あれ？　ベルナ先生ー！」

もう一度声をかけるが、やはり物音一つしなかった。何かあったのかと思い、俺はそっと玄関を開けると、鍵はかかっておらず中に入ることができた。

「……不用心だなあ。山奥だから人が来ないって思ってるのかな？〝魔女〟が山にいるって話は町で噂になってたし、興味本位で来る人もいるかもしれないのに」

特にベルナ先生は美人だから、危険がないと知られたらいかがわしいことを考える人がいないとも限らない。

「まあ、魔法が強力だから、そうそう襲われたりしないか。……ん？」

リビングまで行っても、やはり姿はなかった。けどテーブルの上に紙が置いてあったので手に取って読んでみる。

「えっと……『ラース君へ。食料がなくなってきたので、町へ行ってきます。帰りは夕方になると思うから今日は自習かお家でゆっくりしてね』か」

なるほど、今日は町へ行く日だったのか。ベルナ先生は食料を買いに行くためこういうことは珍しくはない。ちなみに、別のルートで下山したところにある町の方が近いので、そっちへ行くのだ。

「うーん、どうするかな」

折角ここまできたし、外で自主練でもしようか？　しかしそこで、俺は奥の部屋が目に入る。確かあそこには魔法の本があったはずだ。

「面白い本があるかもしれないな。先生も休憩中、本は読んでいいって言ってたし」

俺は奥の部屋へと移動し、床に乱雑に置かれた本を手に取る。本棚はなく、ベッドも簡素なものしかない。

「……今さらだけど、この家ってベルナ先生が作ったのかな？　まあ補助魔法の〈ストレングス〉があるから作れそうだけど。さて、古代魔法のことが書いてあるのはこれか」

俺は古代魔法の記述が書いてある本をぱらぱらとめくる。

「レビテーション、インビジブル……お、転移なんてのもあるのか」

古代魔法の本を読んで先に覚えた2つ以外の魔法を目にして色めき立つ俺。転移はA地点からB地点に移動するといったものだ。あとは、ドラゴンにもなれるらしい変身魔法や木や石から何かを創作できる魔法もあった。

「ああ、たぶんこの〈クリエイション〉ってやつで家を作ったんだな、先生。……40歳くらいじゃないと使えないって言ってた割に使うんだよね先生って。……もしかして見た目は美女だけど、実は１００歳を越えている、とか？」

しわがれたベルナ先生が頭をよぎり、身震いする。〝魔女〟だったらあり得るかもしれない……。

「い、いやあ、あの天然美女がそんなはずないよな……」

俺は頭を振って嫌な考えを払拭し、再び本に目を移す。すると、珍しい記述を発見した。

「これは……？〈ドラゴニックブレイズ〉……攻撃魔法、か？」

内容を読んでいくと、どうやら攻撃魔法らしく、魔力そのものを攻撃エネルギーに変換して放つというものらしい。

「ふむ、成功すると竜の顎のような炎が上がって相手を飲み込むようにヒットするのか。なになに……その昔、悪いドラゴンを退治するために創られた魔法で、術者の力量に特に左右されやすいため、賢者と呼ばれるくらいの修行を積んだものしか使うことは難しい……」

かっこいい。記述を読んで思ったのはそれだった。

「ベルナ先生のフレイムランスとかハイドロストリームもよかったけど、こういう特別感がある魔法だよな、やっぱり。……よし！」

俺は本を片手に庭へ出ると、ドラゴニックブレイズという魔法を実践することにした。今日はレビテーションを使わず歩いてきたし、まだ訓練をしていないので魔力は十分ある。古代魔法を使うには絶好のコンディション。

「せっかくここまで来たのに何もしないのもね。さて、と」

俺は目を瞑り、手に魔力を込めてイメージを作っていく。竜の顎……俺は前世の記憶にあるイメージを思い起こし集中する。

「……こうか！〈ドラゴニックブレイズ〉！」

手応えを感じたところで、俺は目を開き魔法を放つ！炎のように揺らめく白い輝きが手から飛び出し、目標に見立てた木人に向かっていく。

「で、出た！って、ええー……」

しかし放たれたのは〝ギャォォォ〟ではなく、〝ぴぎゃーん〟と言った方がしっくり来るくらい小さな竜だった……。

「これじゃトカゲか蛇だよ……確かに魔力は抑えて撃ったけどこんなものとは……まあ慣れない魔法だし、これからだ……よ……ね？」

あれ……？　なんか体が重く……なんか眠……い……。

◆◇◆◇◆

「――ん」

ん……今、声が聞こえたような……？

「――スくん」

ああ、ベルナ先生の声か……なんで俺の家にいるんだ？　眠いんだからもうちょっと寝かせてくれよ……しかしベルナ先生は俺の体を揺すり、ついに耳元で大きな声を出した。

「ラース君！」

「うわああ⁉」

「起きた！　……よかったぁ……もう、驚かせないでよぅ……お買い物から帰ってきたら庭で倒れているんだもの。わたしがいない時に新しい古代魔法を使ったのねぇ？」

泣きながら俺を抱きしめ、経緯を話すベルナ先生。

……思い出した。ドラゴニックブレイズを使った瞬間、急に眠気に襲われてそのまま意識を失ったことを。

「ああ、ごめん……ベルナ先生。ちょっと試そうと思って魔力は抑えてやったんだけど、倒れたみたいだ……」

俺は重い瞼を上げながらベルナ先生にそう返す。するとベルナ先生は俺をそっとベッドに寝かしつけると、眉を吊り上げて怒り出した。

「もう！　本当にびっくりしたんだからねぇ！　初めて使う古代魔法はわたしが見ていない時は禁止にします！　魔力回復のお薬が間に合わなかったらどうなっていたか……」

「は、はーい……」

今までに見たことがないくらい怒っているベルナ先生に、弱った体の俺はそう答えるしかない。この様子だと本当に危なかったみたいだ。さらに説教を続けるベルナ先生に申し訳ないと思いつつ、黙って聞いていると、水を飲んで一息ついた。

「ふう……。いい？　使うなとは言わないけど、古代魔法は使える人が多くないし、ラース君くらいの子だとまず間違いなく使えないの。だけど、【超器用貧乏】で努力したおかげで魔力量が多いからできちゃうのよぅ。ドラゴニックブレイズを使ってみたようだけど、あれって相当魔力を使うって本に書いてあったわよねぇ」

……どうやらそうらしい。俺はカッコいいと思ったところで使うと決めたため、そこまで読んでいなかった。レビテーションとインビジブルの消費量に差があることを考えれば、そういうことがあってもおかしくはない。本当に危なかったのだと俺は震えた。

「これからは勝手に家に入れないように鍵をかけないとねぇ。でも、倒れたってことはできたのよね？　どうだった？」

「えっと、一応出せたんだけど、小さいトカゲか蛇みたいな感じの魔法が出ただけだったよ。

ベルナ先生は使えるの？」

「うーん、わたしは出せなかったわぁ。疲れただけで、ね？　相性もあるのかも」

ベルナ先生は興味深いと首を傾げながら微笑み、俺もつられて笑う。さて、そろそろ帰らないとまずいかと俺はベッドから起き上がろうとして……動けなかった。

「はあ……自業自得だけど全然動けない……。家に連れてってくれる？」

家に帰れそうにないのでベルナ先生にそう頼むとベルナ先生はとんでもないことを言い出す。

「あらぁ、それじゃあ今日はわたしと一緒に寝ましょうねぇ」

「え!?　い、いや、ベルナ先生が家まで運んでよ！」

「明日も訓練するんでしょう？　だったら泊まった方がちょうどいいわよぅ」

「ああ。ま、待って！　力強っ!?」

そして――

「ううーん……イチゴ、美味しいわぁ……」

「う、動けない……や、柔らかいものが顔に……」

結局、ベルナ先生の抱き枕にされて、俺が意識を手放したのは夜が明けるかどうかという時間だった――。

「おはようございます」

「おや、おはようラース君」

 ベルナ先生の抱き枕事件から2日経ち、俺はギルドへと赴いていた。

 抱き枕にされた次の日もあまり魔力が回復しきっておらず、昼前に家へ帰ってそこからずっと爆睡。ご飯以外は基本ベッドというニートスタイルになってしまった。

今朝はすこぶる体調が良くなったため、もう一度ドラゴニックブレイズを訓練しようかと考えたけど、お泊まりの気恥ずかしさを思い出した俺は依頼を受けにきたというわけだ。

「今朝は早いね？　依頼はまだ残っているからゆっくりしていきなよ」

「あはは、ちょっと昨日寝すぎちゃって。兄ちゃんと学院まで行って、走ってきました」

俺がそう言って笑うと、ギルドの受付であるギブソンさんは「元気だね」と笑いながらコーヒーに口をつけ、広げている資料に視線を落とす。

「さて、と。何を受けようかな？　せっかく朝早く来たからここは魔物討伐かな？」

俺は〝ファングボア〟と呼ばれる猪の姿をした魔物討伐の依頼書を眺めながら呟く。攻撃が直線的なので魔物でも比較的倒しやすく、俺もミズキさんと一緒に2頭倒したことがあるけど討伐と素材でお金が入るので割と稼げたりする。

「ギブソンさん、これ！」

「ファングボアだね。一人で大丈夫かい？」

「うん、山は慣れているから大丈――」

と、言いかけたところで後ろから両肩に手を置かれ耳元に声がかかる。

「ふっふっふ、ラース君！　私が一緒に行こうじゃないか！」

「あ、ミズキさん」

俺の背後に現れたのは、ギルド所属の冒険者であるミズキさんだった。俺が足を運ぶとよく世話を焼いてくれ、初の魔物討伐を手伝ってくれたこともあるお姉さんだ。

ありがたい申し出だけど……。

「ごめん、今日は一人で行きたいんだ。また今度お願い」

「なんと……!?　うう、最近ラース君が冷たい……」

実はミズキさんと魔物討伐の依頼を受けた時にレビテーションを使ってしまい、危うくいろいろバレかけたことがあったので一緒に行くのは避けたい。

「ははは、フラれたなミズキ。それじゃ一人で受領ってことで。ファングボアは倒したこともあるし大丈夫かな」

「ありがとう、行ってくるよ！」

ミズキさんには悪いと思いながら俺はギルドをあとにし、山へと向かう。

さて、間もなくベルナ先生が住んでいる山に到着しファングボアの探索を始める。

「ベルナ先生のいる場所まで行かなくても見つかるはずだけど……」

あまり標高が高い場所には生息していないし近場でいいかと、レビテーションで適当な木に乗って上から探す。しばらく木の上を移動していると、目標のファングボアを見つけた。

「食事中か……視界に入るとものすごく怒って突っ込んでくるけど、ここからなら……〈ファイアボール〉！」

俺はいつも通り、慣れた魔法を放つ。しかし──

「え⁉　ちょ、でかっ⁉」

「ブモオオオン……」

ドゴン、という爆音と共にファイアボールが炸裂《さくれつ》し、ファングボアは吹き飛んで丸焦げになった。

「い、今のは……？　それにあんなに大きいファイアボールだったのに、あんまり魔力を使った感じがしない……」

倒れたファングボアの傍で自分の手を見ながら一人呟く。とりあえず試したいことができたので、ファングボアをその場に置いて、俺は手頃なのがいないかとレビテーションで魔物を探す。5分ほどで獲物を狙う魔物を発見した。

「お、ちょうどいいのがいた」

〝ジャイアントビー〟という大型の蜂で、子供……だいたい俺と同じくらいの大きさをした巨大な魔物だ。それが3匹、地面にいるウサギを狙って飛び回る。針で麻痺させて巣に連れて帰り、集団で捕食する魔物だ。

「よし、1匹ずつ試すか……〈ファイアアロー〉！」

先ほどのファイアボールより魔力を使わない、ファイアアローという矢の形をした魔法を使う。

「やっぱり威力が上がっている……いつもより抑えていたはずだけど、全部予想より上の威力だった」

これも【超器用貧乏】のおかげだと思うけど、心当たりは……いや、待て。そういえばドラゴニックブレイズを使ったあとだから、か？

ベルナ先生の説明で、持って生まれた魔力量は決まっているけど、底上げは可能って言っていた。もしかすると、一気に魔力を持っていかれたからスキルが反応したのかも？

「これは試す価値があるな、明日はベルナ先生のところへ行こう！」

俺は興奮気味に叫び、すぐにジャイアントビーとファングボアをギルドへ戻って換金して家に帰った。

「ただいまー！　ファングボアを狩ってきたからステーキにしてよ」

「おかえりラース。慌ただしいわね、あら、立派なお肉ね。熟成、だっけ？　させなくていいの？」

母ちゃんが俺の教えた知識を口にして笑う。生活に役立つ前世知識を「本で読んだ」と言って教えていたものの一つだ。

「明日はベルナ先生と訓練をするから今日食べるよ。食べたらすぐ寝るからよろしく！」

「あら、張り切っているわね？　はいはい、分かったからお風呂に行ってきなさい」

「はーい」

その夜の食事は豪華なものとなり、父ちゃんと兄ちゃんが喜んでいた。こういう簡単な魔物討伐はすぐなくなるので、たまの贅沢といったところだ。……俺の学費貯金で両親のおかずが減っているからこういう時くらいは食べてもらいたい。

そして翌日、母ちゃんに作ってもらった魔力回復薬を数本カバンに入れて、俺は軽い足取りでベルナ先生の家に来ていた。

「いらっしゃい、今日は来てくれたのねぇ」

「うん。昨日はちょっとギルドに行ってたんだよ。それで、分かったことがあったんだけど……」

まず、昨日体感したことを話すと、ベルナ先生は微笑みながら頷いてくれる。単純に俺が強くなったことを喜んでくれているようだ。さらに考察を付け加える。

「それで、どうして強力になったか考えたんだけど、やっぱりドラゴニックブレイズを使ったあとからだと思う。空っぽになるまで魔力を消費したから【超器用貧乏】が成長したんじゃないかなって」

「ありそうよねぇ。私がそこまでしてもあまり変わらないけど、ラース君ならあるかも……」

俺の著しい成長を目の当たりにしているベルナ先生が、顎に手を当てて考え込む。そもそも8歳で古代魔法を使えているので今更だ、とか言っているのは気にしないことにしよう。

「で、今日はそれを実験するために半分くらいの魔力でドラゴニックブレイズを使ってみたいんだ。魔力回復薬も持ってきたし、ベルナ先生が見ていてくれたら安心だと思って。どうかな？」

「ううん……」

この前のことがあるので渋い顔をして悩んでいるが、少し考えたあと口を開く。

「それじゃ、全力は出さないようにしてね？」

「うん！」

かくして俺の訓練がスタートする。少量の魔力でやろうと思ったけど、負荷をかけた方がいいかと思い、全魔力の半分くらいを意識してドラゴニックブレイズを目標に向かって放つ。前回よりは大きな竜の顎がぺちゃっとヒットしたあと、俺はその場に四つん這いになる。

「ぐ……はあ……はあ……せ、先生、回復薬……」

「はい、飲んで飲んで」

気を失う前に薬をもらい一気に飲み干す。少し甘い味がついているのが母ちゃんらしいなと思いながら一息つく。

「半分で撃ったら8割くらい減った気がする。俺が思うより消費量が激しい魔法みたいだ」

「文献だと山を吹き飛ばせるくらいの魔法らしいから簡単には使えないのかもしれないわねぇ。まだやる？」

「薬がなくなるまではやるつもりだよ。ベルナ先生も持っていたら俺に売ってほしいかな」

無理だと思ったら止めるからと言われて俺は頷き、訓練を続ける。

それから2時間——

「う、おえっぷ……ド、〈ドラゴニックブレイズ〉……」

「も、もうダメ！　お腹たぷたぷじゃない！」

「で、でも……うぇ……だんだん強力になってきたよ……」

「そ、それはそうだし、すごいけど、ほら横になってぇ」

俺はベルナ先生に運ばれてベッドに横たわると、目を閉じてから深呼吸をする。

「ふう……気絶しないギリギリを見極めることができるようになったのは大きいな。それに、中途半端に使うより一気に魔力を減らした方がいい気がする……」

ただ、ファイアやファイアアローといった通常の魔法を全力で使っても魔力がごっそり持っていかれることはないので、やはりドラゴニックブレイズが特殊なのだと思う。

しばらくこの訓練を続けてみようと決め、インビジブルと共に古代魔法だけをとにかく使い、回復薬の多量摂取による水太りもなんのそのという感じで、ベルナ先生の下へ通った。

しかしお金は稼がないといけないため、2日に1回はギルドへも行っていたけど、そこで驚くべきことが判明。

ベルナ先生の得意魔法である〈ハイドロストリーム〉や〈アースブレイド〉といった上級の魔法が楽に発動できるようになっていることに気付き、俺は歓喜の声を上げていた。

そんな生活を1年続けたあと、俺はついに——

「……全力で行くのね？」

「ああ、たぶん、もう大丈夫だと思う。……〈ドラゴニックブレイズ〉！」

今なら撃てる。そう確信を持ったのは明らかに魔法を放つのが楽になったからだ。ファイア程度なら直径2メートルの球体を生成できるほど魔力が上がり、制御もできるようになっている。

「こ、これは……」

ベルナ先生が地面に尻もちをついて驚愕の声を上げるが、それも無理はない。

俺が自信を持って放ったドラゴニックブレイズは文字通り〝竜〟で、炎のように揺らめきながら巨木を削り取っていく。ドラゴニックブレイズが通ったあとは綺麗に道ができていた……。

「威力が桁違いだ……」

魔力の消耗で体から力が抜ける感覚があるが、倒れるほどじゃない。訓練の成果は確実に出ていた。

「こ、これなら確かに山を壊せるかも……ラース君、人に撃ったらダメですよ……」

「う、うん。流石に人を消し飛ばしたくないしね。使う時はほら、こんな感じで使うよ」

そう言って俺は最小のドラゴニックブレイズで雑草を燃やす。

「あ、かわいいわねぇ。……でも、それを制御できるなんてラース君、とんでもない魔法使いになってきたわぁ。わたしが教えることはもうないかも」

「そんなことないよ、強力な魔法を先に使えるようにしたけど、基本的な魔法は疎かにしているから、まだまだベルナ先生の授業は受けたい。〈ヒーリング〉とかね」

俺がそう言って笑うと、ベルナ先生が口元を緩めて立ち上がる。

「……そうね、いつか来るその時のために、ラース君にはもっといろいろ教えていかないとねぇ♪　また覚悟しておいてねぇ。さ、少しお茶にしましょう」

ベルナ先生が鼻歌交じりで踵を返して家へと向かう。だが、俺は聞き逃さなかった。「復讐よりも前向きに生きてほしいんだけど」と呟いていたことを。

——確かにこの力があれば仕事に困ることはないと思う。それこそ冒険者にでもなれば、自惚《うぬぼ》れかもしれないけど名を馳《は》せることもできるだろう。

だけど——

「……これは俺のわがまま。父ちゃんたちを貶めたブラオを許すわけにはいかない」

「ん？　何か言った？」

「いや、なんでもないよ。お茶にしよう！」

復讐……それはいつ達成されるか分からないけど、いつでもなせるように俺は牙を研《と》ぐ。

しかし、それは思いのほか早く訪れることになるのだが、今の俺にはまだ知る由もなかった
——。

あとがき

初めましての方は初めまして、ご存じの方はお久しぶりです。八神 凪です。

この文章を読まれているということは、拙作をお買い上げいただいたということ（でいいですよね!?）。誠にありがとうございます！

さて、あとがきといえば、私は『小説家になろう』においてあとがき劇場というものを書いていますので、その形式でやろうかと思いました。が、色々なところに叱られそうなのでやめました！

というわけで、『没落貴族の俺がハズレ（?）スキル『超器用貧乏』で大賢者と呼ばれるまで』いかがだったでしょうか？

このお話は「器用貧乏」を授かった、主人公のラース君が奮闘する様子が描かれていますが、なぜ「器用貧乏」をメインに据えたのかというと、私が仕事をこなしていると「あなたは器用貧乏ね」と言われることの多い自身の経験からきています。

そこで「ああ、スキル（技能）として主人公に使わせてみたら面白いかも？　でも貧乏って言葉がついているから不遇スタートで」みたいな感じでした。

するとコメント欄に「自分もそうでした！」「器用貧乏って損なところありますよね」とい

うものが多く見受けられるようになり、成功したと思った瞬間でした。

先ほど書いた通り、自身の経験から思いついたものなので、他にも似た経験をした人から共感を得られそうだなという打算はありました（笑）。

それはともかく、Ｗｅｂ版を知っている方なら大幅改稿をしたので、あの場面がない⁉　と感じるはずです。何故かというと、メインとなる話を押し出したかったので、クラスメイトとの交流は（出るなら）２巻以降でと考えたからです！

まだまだタイトルにある大賢者とは程遠いラース君のお話は始まったばかり。どうやって大賢者と呼ばれるようになるのか、今後をお楽しみに！

今回の書籍化にあたり、拙作を見初めてくれた担当編集Ｋ様に感謝を。

そしてカラフルでイメージ通りのイラストを描いてくださったリッター先生、本当にありがとうございます！　全キャライメージ通りでイラストレーターさん怖いって思いました（笑）。

最後に、この本を手に取っていただき、ここまで読んでくださった読者の皆様、本当にありがとうございました！　またお会いできることを楽しみにしております！　それでは！

八神凪

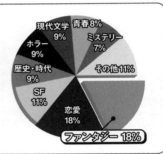

ツギクルブックス

愛読者アンケートに回答してカバーイラストをダウンロード！


愛読者アンケートや本書に関するご意見、八神 凪先生、リッター先生へのファンレターは、下記のURLまたは右のQRコードよりアクセスしてください。

アンケートにご回答いただくとカバーイラストの画像データがダウンロードできますので、壁紙などでご使用ください。

https://books.tugikuru.jp/q/202104/chokiyobinbo.html

本書は、カクヨムに掲載された「没落貴族の俺がハズレ(?)スキル『超器用貧乏』で大賢者と呼ばれるまで」を加筆修正したものです。

没落《ぼつらく》貴族《きぞく》の俺《おれ》がハズレ(?)スキル『超器用貧乏《ちょうきようびんぼう》』で大賢者《だいけんじゃ》と呼《よ》ばれるまで

2021年4月25日　初版第1刷発行

著者　八神《やがみ》 凪《なぎ》

発行人　宇草 亮
発行所　ツギクル株式会社
〒106-0032　東京都港区六本木2-4-5
TEL 03-5549-1184
発売元　SBクリエイティブ株式会社
〒106-0032　東京都港区六本木2-4-5
TEL 03-5549-1201

イラスト　リッター
装丁　株式会社エストール

印刷・製本　中央精版印刷株式会社

ISBN978-4-8156-0855-2
Printed in Japan